Jo Hanns Rösler

Lachen und Weinen

Jo Hanns Rösler

Lachen und weinen

Neue Geschichten

Herbig

Umschlagentwurf: Christel Aumann
Satz: VerlagsSatz Kort GmbH, München
Druck und Binden: Reinhard Mohn GmbH, Gütersloh
Printed in Germany 1979
ISBN: 3-7766-0902-8

Inhalt

Heute ist nichts mit einer lustigen Geschichte

Heute ist nichts mit einer lustigen Geschichte. Dazu sitzt mir die Kränkung zu tief im Gemüt. Ich war gestern in ein Kaffeehaus gegangen, genauer gesagt: in das Espresso eines bekannten Schauspielers, wo sich die Prominenten treffen. Ich sitze, wenn ich alle Jubeljahre in diese Stadt komme, gern am Fenster des kleinen Extrazimmers im ersten Stock. Man ist dort ungestört und hat einen Blick zum Eingang des Luitpoldkinos hinüber und auf die Schaufenster eines Pelzgeschäftes und eines Möbelhauses. Man sieht vor diesen drei Portalen zu den menschlichen Wünschen viel Unterhaltsames und kann sich am Fenster eine Geschichte zu den einzelnen Paaren ausdenken, die dort unten aufeinander warten oder zusammen vor den Läden stehen. Es ist also eine gute Werkstatt für einen Geschichtenzuschneider. Man sieht auch schon von weitem, wer dem Espresso zustrebt, und je nachdem, man kann sich freuen oder durch die Hintertür verschwinden, ich sage: je nachdem.

Gestern hatte ich eine große Freude. Ich sah kurz hintereinander in komfortablen Wagen neuesten Schnittes, chromfunkelnd und die halbe Straße einnehmend, drei Männer vorfahren, die ich gut kannte. Der erste war ein früherer Konzertmeister, der durch den Kriegsdienst seine Virtuosität eingebüßt und nach dem Krieg den Anschluß nicht mehr gefunden hatte. Er war damals in so tiefe Not geraten, daß ihm im wahrsten Sinne des Wortes die Butter aufs Brot fehlte. Da er mir gerade in dieser Zeit in den Weg lief, lud ich ihn ein, vier Wochen mit seiner Frau bei mir zu wohnen. Es machte mir, obwohl ich selbst nicht auf Rosen gebettet war, Freude, die zwei wieder richtig herauszufuttern, auch konnte ich ihm, da er meine Figur hatte, einen meiner Anzüge schenken, und nicht den schlechtesten. Er faßte neuen Lebensmut, und als er durch mich eines Tages einen Filmproduzenten kennenlernte, bekam er auf mein Zureden hin den ersten Drehbuchauftrag. Seitdem schreibt er Drehbücher, gute Drehbücher, und ist ein bekannter Filmautor geworden. Ich freute mich, ihn nach so vielen Jahren wiederzusehen, ich würde seinen Dank für damals bescheiden abwehren, die Genugtuung, ihn so wohlbestallt wiederzufinden, erfüllte mich mit Glück, und ich ließ ihm durch den Kellner, der mich bediente, ausrichten: hier oben säße einer, der Rösler, im Augenblick nicht gut auf den Beinen, aber er freue sich wie ein Kind, ihn wiederzusehen, er möge doch gleich heraufkommen.

Ich setzte mich vergnügt zum großen Hallo zurecht, da fuhr der zweite Wagen unten vor und ihm entstieg – ich traute meinen Augen nicht – im gutgeschnittenen Zweireiher, eine Krokodiltasche unter dem Arm, ein gewisser Herr Doktor Reinhold M. Auch er war vor elf Jahren Gast meines Hauses gewesen. Ich hatte ihn bei mir versteckt, als er blutiggeschlagen auf der Flucht vor den Amerikanern war. Ich weiß nicht, was er auf dem Kerbholz hatte, er log mir irgend etwas vor, er war ein »mauvais sujet«, wie sich bald herausstellte, aber da er nun schon einmal meine Gastfreundschaft genoß, pflegte ich ihn gesund und hielt ihn über ein Vierteljahr bei mir versteckt, bis ihn die Amerikaner eines Tages aufstöberten und abholten. Ich hatte viel Ärger aus dieser ganzen Geschichte, kam selbst deswegen ein paar Tage in Haft – nach elf Jahren sah ich ihn heute von meinem Fenster aus zum ersten Male wieder, und der Kellner, der ihn kannte, erzählte mir mit viel Respekt in der Stimme, daß der soeben Angekommene ein einflußreicher »public relation man« sei, seine zwei Millionen schwer und in der Stahlindustrie zu Hause.

Ich war ein wenig überrascht und bat:

»Ach, sagen Sie ihm auch bitte, daß ich hier oben säße, nennen Sie meinen Namen – er wird sich bestimmt sehr freuen.«

Der Kellner ging. Er kam nicht wieder. Es kamen auch die beiden Herren nicht, die ich mit großer Freude auf unser Wiedersehen heraufgebeten hatte. Als der Kellner mir nach langer Zeit das vierte Glas Wein brachte, fragte ich ihn:

»Haben Sie es den Herren gesagt, daß ich hier oben sitze?«

»Ja«, sagte er, ein wenig verlegen, »ich habe es ihnen gesagt.«

»Und?«

»Sie haben es zur Kenntnis genommen«, sagte der Kellner.

In dieser Minute fuhr unten mein Zahnarzt vor. Er war einer der berühmten Zahnärzte dieser Stadt, seine Klientel setzten sich aus Filmstars und allen jenen zusammen, die gern bereit sind, für eine Perlenreihe von Zähnen ein Vermögen zu opfern. Auch ich hatte ein Vermögen geopfert, vor sieben Jahren, nach meinem schweren Autounfall. Es ging ihm damals wirtschaftlich nicht gut, er hatte sich gerade eine neue Praxis aufgebaut, es fehlte noch vieles darin, ich schenkte ihm einen Tisch und zwei Sessel, die ich übrig hatte. Wir hatten uns während der Behandlung, die sich Monate hinzog, miteinander befreundet, was ihn aber nicht hinderte, zum Schluß bei der Rechnung diese Freundschaft völlig zu vergessen. Nun, ich ließ mich nicht lumpen und zählte ihm das Honorar auf den Tisch, der einmal mir gehörte, nach alter guter Sitte dem Arzt ein schönes Geschenk dazu, einen Jean Baptiste Greuze, das Bild eines jungen Mädchens mit einem Vogel in der Hand, das schönste Stück meiner Sammlung, das sein Entzücken gefunden hatte. Ich hatte dann meinen Zahnarzt jahrelang nicht zu Gesicht bekommen, denn wer geht nur zum Spaß und zum Vergnügen in eine Wohnung, in der ein Zahnarztstuhl steht?

Da ich im Aufbruch war, würde ich ihm unten begegnen. Und so geschah es auch. Ich humpelte auf meinen Stock gestützt an der langen Theke mit der Espressomaschine vorüber, da saßen die drei zusammen im fröhlichen, etwas lauten Gespräch, der Drehbuchautor, der früher Konzertmeister gewesen war, der public relation man, den ich bei mir versteckt hatte und für den ich zehn Tage in Haft saß, und mein Zahnarzt. Als sie mich erblickten, ich war hin-

ter ihnen stehen geblieben, nickten sie mir zu, so wie man einem zunickt, den man wohl kennt, aber nicht unbedingt ins Gespräch ziehen möchte. Sie erhoben sich nicht einmal, keiner von den Drei, um mir nach so vielen Jahren die Hand zu geben, obwohl ich keinen halben Meter von ihnen entfernt stand. Mein glückliches Lächeln, sie wiederzusehen, versteinerte in meinem Gesicht, da aber – in diesem Augenblick – leuchteten des Zahnarztes Augen auf, denn er hatte in meinen durch das Lächeln entblößten Zähnen eine prächtige Lücke entdeckt, er sprang sofort von seinem Hocker, erfaßte meine Hand, schüttelte sie und rief:
»Was für eine Freude, Herr Rösler, Sie zu sehen!«
Dabei ließ er den Blick nicht von meinen Zähnen, nicht ein einziges Mal blickte er mir in die Augen, sondern immer nur auf meinen Mund, während er in überschwänglicher Wiedersehensfreude sagte:
»Was haben wir doch damals für schöne Stunden zusammen verlebt. Können Sie sich noch an das Bild erinnern, das Sie mir schenkten? Ich wollte Ihnen schon oft schreiben – aber jetzt, wo wir uns wiedergefunden haben, lasse ich Sie nicht gehen, bevor wir nicht ein Rendezvous vereinbart haben. Wie wäre es morgen? Bei

mir? Ich sehe dann gleich einmal Ihre Zähne nach. Ich glaube, da ist wieder ein kleiner Handgriff nötig.«

Die anderen beiden blieben ruhig sitzen, den Rücken mir zugekehrt, und taten, als seien sie in ein Gespräch vertieft. Ich weiß nicht, warum dies mich so tief verletzte. Vielleicht sind die Menschen so und erinnern sich nicht gern der Zeiten, wo es ihnen schlecht ging, und an einen, der ihnen damals geholfen hat. Was für ein Glück für meinen Seelenfrieden, daß wenigstens der Zahnarzt mich brauchen konnte, weil er erkannt hatte, daß ich ihn brauchen könnte. Aber zu einer lustigen Geschichte, die zu schreiben ich mir vorgenommen, komme ich heute nicht mehr. Ich muß erst darüber nachdenken, wie ich das heutige Erlebnis zu Papier bringen kann, so, daß sich keiner über sich selbst ärgert, sondern überzeugt ist: die anderen sind gemeint.

Mein Abschied von Helene

Ich schäme mich heute noch in Grund und Boden, denke ich an den Abschied von Helene. Das war eigentlich äußerst unnett gehandelt. Damals hielt ich es für ein Meisterstück und bildete mir noch etwas darauf ein.
Ich war ein halbes Jahr verlobt. Mit Helene. Sie war blond und blaß.
Eines Sonntags ging ich zu meiner Braut und holte sie ab.
»Machen wir einen Sonntagsspaziergang, Helene?«
»Fein, Johannes! Wohin?«
»Durch die Stadt! Ins Freie! In den Stadtpark!«
Helene schlüpfte schnell in ihre Bluse. »Herrlich, Johannes! Gehen wir!«
Wir gingen. Im Stadtpark begegnete uns ein Herr.
»Fröhlichen Sonntag, Herr Rösler!« grüßte er.
Ich stutzte. Der Mann kam mir bekannt und fremd zugleich vor. Ich ging auf ihn zu und fragte: »Kennen wir uns?«
Der Herr nickte: »Aber, Herr Rösler! Ich bin

doch Ihr Schneider, dem Sie noch den letzten Anzug schuldig sind!«

Ich sah Helene erschrocken an. Wir gingen schnell weiter.

Am Fluß saß einer am Ufer und angelte.

»Wollen wir ihm ein wenig zuschauen, Helene?«

»Hoffentlich fängt er was, Johannes!«

Der Angler zog nichts aus dem Fluß. Dafür zog er eine Rechnung aus der Tasche.

»Ich höre Sie hinter mir reden, Herr Rösler«, sagte er, ohne sich umzudrehen, »wann werden Sie eigentlich die Schuhe bezahlen, die ich vorigen Sommer für Sie angefertigt habe?«

Ich ging mit rotem Kopf neben Helene weiter. Sagte ich schon, daß sie mich heiraten wollte? Daß sie mein Jawort hatte?

»Es ist mir sehr peinlich, Helene!«

»Ich wundere mich ein wenig, Johannes!« Ihre Stimme klang nicht sonntäglich. Wir kamen auf die Tennisplätze. Ein Spieler trat ans Netz.

»Wie tragen sich die Hemden, Herr Rösler?«

»Sie sitzen ausgezeichnet«, sagte ich verlegen.

»Das freut mich.«

»Nur am Kragen drücken sie ein wenig.«

Der Tennisspieler, es war mein Hemdenmacher, nickte:

»Dann werden Sie dadurch wenigstens daran

erinnert, daß das halbe Dutzend Maßhemden bei mir in den Büchern seit einem Jahr noch unbezahlt offensteht... Ich sagte nichts mehr. Auch Helene sagte nichts. Sie ging nachdenklich neben mir her.

Wir gingen zum Frühschoppen in eine Weinstube. Neben mir saß mein Hauswirt. Ich hatte ihn zu spät bemerkt.

»Wie steht's mit der Miete, Meister?« rief er herüber, so daß es alle Leute hören mußten, »ich warte ja gern – aber wenn ich lauter solche Mieter hätte wie Sie...«

Wir verzehrten nichts, Helene war aufgesprungen und auf die Straße hinausgelaufen.

»Johannes, ich habe es mir überlegt«, sagte sie entschlossen.

»Was überlegt, Helene?«

»Es wird nichts aus uns beiden. Wie willst du mich heiraten, wenn du dich nicht einmal selber ernähren kannst und bis zu den Ohren in Schulden steckst? Leb wohl! Für immer, Johannes!«

Da ging sie hin. Ich sah ihr nach, solange ich schauen konnte.

Am Abend dieses denkwürdigen Tages aber lud ich meine vier Freunde ein. Es gab Wein und ein üppiges Essen. Das war mir das Fest wert, das wir feierten: meine Erlösung von Helene, die mir schon lange auf die Nerven gegangen und jetzt so rasch und schmerzlos aus meinem Leben geschieden war. Ich erhob mich und bedankte mich bei meinen vier Freunden, die so vortrefflich die Rolle meines Schneiders, meines Schusters, meines Hemdenmachers und meines Hauswirtes gespielt hatten.

Wir feierten meine wiedergewonnene Freiheit bis zum Morgen, und ich prostete mir immer wieder selbst auf mein Husarenstück zu.

Ich ahnte ja nicht, wenn ich die herrlichen Krawatten meiner vier Freunde bewunderte, die sie mir stolz vor die Nase hielten, daß diese ein Geschenk von Helene waren, aus Dankbarkeit, daß sie mich losgeworden war. Denn auch sie wünschte, vielleicht noch heftiger als ich, die Verlobung zu lösen, und hatte diesen Plan ausgeheckt, den sie mit Hilfe meiner Freunde so geschickt an mich herangebracht hatte, daß ich Dummkopf glaubte, es wäre meine eigene Idee. Uns Männern ist ja von den Göttern nur ein winziges Gehirn mitgegeben, und wenn wir glauben, wir waren wieder einmal besonders gescheit, sind wir immer die Dummen!

Die alte Kanne

Wir haben daheim eine alte Kaffeekanne aus kostbarem Prozellan. Sie gehörte schon zum Heiratsgut meiner Großmutter, ein Geschenk reicher Freunde von Großmutters Eltern, eine Kaffeekanne für zehn Personen, mit blaugoldenem Dekor. Meißner Porzellan. Schon uns Kindern wurde berichtet, wie kostbar und wertvoll Großmutters Kaffeekanne sei, nicht nur aus Familientradition, nein, sie besaß heute bereits einen Sammlerwert und war damals, als sie geformt und gebrannt wurde, das schönste Stück, das aus dem Brennofen kam. Sogar ein Meisterzeichen war in ihren Fuß eingebrannt. Wir waren in Ehrfurcht zu dieser kostbaren Kanne aufgezogen worden, aber sie war bei uns kein Vitrinenstück, wie diese Dinge in manchen Familien oft verstauben, nein, an Feiertagen und wenn wir Gäste hatten, stellte sie Mutter auf den Tisch und goß aus ihr die Tassen der Familie und der Gäste ein. Mutter hatte Freude am gutgedeckten Tisch; ein Tisch ehrt den Gast, pflegte sie zu sagen; in der Art, wie der

Tisch gedeckt ist, erkennt der Gast, wie willkommen er ist. Bei uns stand keine schartige Tasse auf dem Damast, jeder angeschlagene Teller wurde sofort durch ein neues Stück ersetzt, jede angeschlagene Untertasse, im blaugoldenen Dekor, zu unserer alten Kaffeekanne harmonisch abgestimmt.
Durch die Erbschaft kam die alte Kanne in unseren Besitz. Wir Brüder stritten erst ein wenig um sie, ich zog das gute Los. Eine Kanne, die weit über hundert Jahre alt ist, hat natürlich ein langes Leben hinter sich, und man sieht nicht nur den Menschen, sondern auch einer Kaffeekanne ihre Jahre an. Da gibt es kleine haardünne Sprünge in der Glasur, wie Altersfalten im Gesicht eines Menschen, das Gold beginnt schon ein wenig müde zu werden und an Leuchtkraft einzubüßen, auch die Augen eines alten Menschen haben nicht mehr den Glanz seiner Jugend. Und wie beim Menschen das Haar ein wenig schütter wird, so hatte auch die Krone unserer Kaffeekanne, der Deckel, schon ein wenig ihres Zierrates eingebüßt, auch war vom vielen Gebrauch und vor allem beim Abwaschen einmal ein Stück des gemütlichen, gastfreundlichen Schnabels abgebrochen, einmal sogar der ganze Henkel. Er war sorgsam erneuert worden, und auch der ausgebrochene

Teil des Schnabels war wieder angekittet worden, ein Fachmann hatte es gemacht, einer, der sein Handwerk verstand; man sah eigentlich nichts von der Blessur, nur beim schärferen Hinschauen erkannte man die Narben der Jahre. Meine Frau stellte sie immer sehr geschickt auf den Tisch in den Schatten des Blumenstraußes, der die Schönheit der Kanne noch unterstrich und gnädig ihre kleinen Risse und Altersnarben nicht dem grellen Licht aussetzte. Der milde Schein eines Kerzenleuchters tat das übrige. Ja, siebzig Jahre eines Daseins sind eine hohe Zeit, und wir alle begegneten unserer geliebten, kostbaren Kaffeekanne mit der Ehrfurcht, die einem so hohen Alter geziemt.
An Ostern, ich feierte gleichzeitig meinen Geburtstag, stand die alte Kanne wieder auf unserem festlich gedeckten Tisch und erweckte das Entzücken aller unserer Gäste. Einer, der von Beruf Fotograf war, der Bildreporter einer großen Illustrierten, machte ein Foto von unserer Kaffeetafel und rückte zu diesem Zweck die alte Kanne so in Positur, daß die ganze Schönheit ihrer Form im grellen Licht voll zur Geltung kam.
Ich aber bat ihn, doch mit der Linse gnädig zu verfahren, das Objekt lieber ein wenig in den Schatten zu rücken und die Kamera nicht allzu

scharf einzustellen, damit man die Altersgebrechen unserer Kanne nicht allzudeutlich sehe. Ein Foto ist oft so unbarmherzig, sagte ich, es kennt keine Rücksicht. Ich aber wollte unsere alte Kanne so im Gesicht behalten, wie ich sie schon als Kind gesehen hatte, mit den Augen der Liebe und der Verehrung für das Schöne und Vollkommene.

»Sie sind mir ein sonderbarer Kauz«, sagte der Bildreporter zu mir, »aber ich lerne von Ihnen. Vielleicht haben Sie sogar recht. Dem Alter gegenüber, selbst wenn es nur eine Kaffeekanne aus Urgroßmutters Tagen ist, soll man rücksichtsvoll sein und die Wahrheit, die keinem dient, nicht ins grelle Licht stellen, damit die Liebe und Verehrung nicht geschmälert wird.« Er machte die Aufnahme in meinem Sinn, und unsere geliebte Kaffeekanne aus Meißner Porzellan, im blaugoldenen Dekor, war auf dem Bild so schön und so kostbar wie in ihrer Jugend.

Vierzehn Tage später fotografierte derselbe Bildreporter für seine große Illustrierte eine einstmals berühmte Schauspielerin in den Posen und Gewändern ihrer Erfolgsfilme. Die Schauspielerin, ein Tanzstar von damals, war inzwischen alt, sehr alt geworden. Die Bilder von ihr, die auf zwei Seiten der Illustrierten prangten, waren ohne Barmherzigkeit aufgenommen. Messerscharf traten die Falten in ihrem Gesicht zutage, ihre graziös erhobenen Hände und das verzerrte Lächeln dazu schnürte einem den Atem ab. Ich stand erschüttert vor den Bildern, und alle Erinnerungen an die Schauspielerin lagen wie zerbrochenes Porzellan, wie Scherben am Boden. Da schickte ich dem Reporter das Foto meiner alten Kaffeekanne zurück und schrieb ihm dazu:

»Besuchen Sie mich nicht mehr. Vergessen Sie mein Haus und meinen Namen. Ich wußte an meinem Geburtstag, daß Sie die Story der alternden Schauspielerin vorbereiteten. Ich hatte gehofft, Ihnen am Beispiel meiner alten Kaffeekanne den Weg zur Barmherzigkeit zu zeigen – ich bekenne, mich in der Wertschätzung Ihres Berufes und Ihrer Person geirrt zu haben.«

Der alte Silberspiegel

Eine Frau erzählt ...
Über mir ist eine Wohnung frei geworden. Das heißt: noch nicht ganz. Die Frau ist gestern gestorben. Zweiundsiebzig. Der Mann lebt noch. Neunundsiebzig. Wie lange noch? Mit neunundsiebzig?
Ich besuche ihn. Will herausbekommen, was er vorhat. Ob seine Wohnung frei wird. Ich hocke mit meinem Mann und meinen beiden Kindern in zwei kleinen Kammern im Souterrain.
»Warten Sie, bis eine Wohnung im Haus frei wird«, hat der Hausherr zu mir gesagt, »das kann ganz plötzlich kommen.«
Dann starb die Frau. Ich sage zu dem Witwer: »In einem Altenheim werden Sie herrlich versorgt.«
»Ich bleibe in meiner alten Wohnung.«
Er ist hartnäckig. Ich bin es nicht minder.
»Wenn Sie eines Nachts der Schlag trifft?«
»Keine Sorgen, junge Frau! Ich werde hundert.«
»In dieser Wohnung?«

»Die Wohnung ist gesund, luftig und sonnig.«
Ich weiß es. Deswegen will ich sie ja haben. Für meinen Mann und die Kinder.
Der Hausherr verspricht mir die Wohnung, wenn der alte Mann auszieht.
»Wir könnten schon heute die Wohnung tapezieren lassen«, sage ich zu Abraham, meinem Mann, »wie lange wird der Alte schon noch leben, dann haben wir gleich die frischen Wände, wenn wir einziehen.«
Ich habe tapezieren gelernt. Früher, als ich noch nicht verheiratet war. Ich habe eine Vorliebe für schöne Tapeten.
Eines Tages bringe ich dem alten Mann die Tapetenmuster.
Er ist begeistert davon, vor allem von der Kupfergrünen.
»Sie sollen sie haben«, sage ich.
»Für mich alten Mann genügt die Wohnung, wie sie ist.«
»Ein alter Mann muß heiter wohnen.«
»Das sagt sich leicht.«
»In einem Altenheim herrscht Fürsorge, Fröhlichkeit und Gemeinsamkeit.« Mein Versuch mißlingt. »Ich bleibe hier.«
»Gut. Dann tapeziere ich Ihnen die Wohnung.«
»Umsonst?«

»Warum nicht? Man muß einander beistehen in einer Hausgemeinschaft.«
Zwei Tage später bin ich mit den Tapeten bei ihm. Mit zwölf Rollen und einem Kleistertopf. Ich habe ihm die Kupfergrüne gebracht.
Ich stehe auf der Leiter. Der alte Mann sitzt am Bettrand und schaut mir zu. Gelegentlich nimmt er den breiten Kleisterpinsel, betrachtet ihn interessiert und sagt:
»Warum tun Sie das alles für mich? Sie müssen ein guter Mensch sein.«
Das Zimmer des alten Mannes ist fertig. Es sieht jetzt mit den neuen Tapeten viel größer aus. Zwei Tage habe ich daran gearbeitet.
Der alte Mann überreicht mir, ehe ich gehe, ein Etwas in zerknittertem, gebrauchtem Seidenpapier. Es ist ein alter silberner Spiegel seiner Frau.
»Das ist für Sie!« sagt er zu mir.
»Nein! Ich bitte Sie! Behalten Sie ihn!«
Er drückt mir zum zweiten Mal den Spiegel in die Hand und sagt:
»Es ist gut so – für alle Fälle.«
Zwei Wochen später ist der alte Mann tot.
»Altersschwäche«, stellt der Arzt fest, und man begräbt den alten Mann in Ehren, neben dem frischen Grab seiner Frau.
»Er ist ihr bald nachgefolgt«, sagt der Hausbe-

sitzer, »wenn Sie wollen, können Sie mit Ihrer Familie in die Wohnung, die jetzt frei geworden ist, ziehen.«
Wir kommen nicht dazu.
Am nächsten Morgen ist die Wohnung versiegelt. Polizei geht durchs Haus. Sie kommen auch zu mir herunter.
Ob ich den alten Mann gekannt hätte?
Aber ja, sehr gut sogar, erst kürzlich hat er mir einen alten Silberspiegel von seiner Frau geschenkt.
»Einen Spiegel? Dürfen wir ihn sehen?«
»Natürlich. Warum nicht? Hier ist er.«
Die Beamten nahmen den Spiegel mit. Ich finde es höchst sonderbar.
»Nur für einen Tag«, sagen sie.
Mein Mann kommt am Abend nach Hause und erzählt mir die Neuigkeit, daß der alte Mann über uns keines natürlichen Todes gestorben sein soll. Er hatte drei Tage vor seinem Tode der Polizei einen Brief geschrieben. Darin stand: »Wenn ich in Kürze sterben sollte, untersuchen Sie bitte die Masse, die ich hinter das Glas eines alten Spiegels gegeben habe. Ich kann es einfach nicht glauben, daß ich zum ersten Male in meinem langen Leben einem uneigennützigen Menschen begegnet sein soll. Jemand wollte mein Alter verschönen, wie er sagte. Ich traue

ihm nicht. Ich schenkte ihm einen alten Spiegel. Wenn der Mensch tückisch war, finden Sie hinter dem Glas die Masse, mit der er die neuen Tapeten meines Zimmers bestrich. Wahrscheinlich finden Sie Gift darin ... jeden Morgen liegen in meinem Zimmer ein paar tote Fliegen ...«

Am nächsten Morgen kommen die Beamten wieder. Sie fragen nach mir. Sie bringen den Spiegel zurück.

Ich sehe, daß sie das Glas gelöst und wieder angebracht haben. Ein Stück des Silberrandes, in der Nähe des Griffes, ist abgebrochen.

»Wir haben Sie um Verzeihung zu bitten«, sagen sie, »der Spiegel ist durch unsere Schuld beschädigt.«

Ich sehe sie nur an. Dann gehen sie.

Ich frage Abraham, meinen Mann, der heute daheim geblieben ist, warum Gott so gnädig ist, seine Geschöpfe vor dem Schlimmsten zu bewahren, wenn ihnen der Teufel einen satanischen Plan eingeflüstert hat.

Ich gestehe Abraham alles.

Als ich mit dem Kleistertopf und der kleinen Flasche Arsensäure, die ich in den Kleister zu schütten gedachte, die Treppen hinaufstieg, riefen mich meine Kinder zurück. Sie lasen zusammen in einem Märchenbuch. Es war Ste-

vensons Märchen vom Flaschenteufel. Meine Kinder verlangten jetzt auch nach einer solchen Flasche, wo der Teufel darin wäre. Sie wollten sie drüben im Bach versenken, daß der Teufel nicht wieder herauskönnte und er seine Macht über die Menschen verlöre. Sie deuteten aufgeregt auf die kleine Flasche in meiner Hand.
»Ist da der Teufel darin?« riefen sie.
»Ja«, sagte ich, »er ist darin. Kommt! Wir werfen ihn in den Bach.«
Abraham fragt, ob wir nicht lieber im Souterrain wohnen bleiben sollten, denn Gott fände uns hier vielleicht leichter als oben im Wohlstand, und der Teufel in der Flasche sei ja nun durch Gottes Gnade versenkt. Ich fiel ihm um den Hals und weinte.

Unfall in den Bergen

»Sind Sie mit ihr verwandt?«
»Nein«, sagte ich.
»Nur weil Sie auch Bretschneider heißen?«
»Ein Zufall«, sagte ich und achtete darauf, daß mein Begleiter auf dem schmalen Pfad eng zur Bergseite ging. Er hatte mich zum Führer für eine Bergtour gedungen, keine hochalpine Leistung etwa, aber für einen Ungeübten, der aus Norddeutschland kam, und zwar das erste Mal ins Gebirge, wie er sagte, war es besser, wenn er einen bei sich hatte, der die Wege und die Tükken des Gebirges kannte, gerade jetzt in dieser Jahreszeit. Er hatte sich als Herr Mitterlein bei mir vorgestellt, aus P. an der Elbe, Kaufmann, wie er sagte, ihm gehörte ein Textilgeschäft und ein Haus in P., ein Eckhaus, sehr günstige Lage, drei Schaufenster. Er war gestern hier angekommen und der Wirt, bei dem er abgestiegen war, hatte mich rufen lassen.
»Da ist einer, der will morgen eine Gebirgstour machen. Hätten Sie Lust, ihn zu begleiten?«
Ich sah mir den Fremden durch die Schanktür

an, ohne daß er mich bemerkte. Klein, gedrungen, ungefähr 50, kein sympathisches Gesicht, das Haar in der Art, als ob er sich immer darin seine Hände abwischte, wenn sie feucht waren. Der Wirt sah mir an, daß ich keine rechte Lust verspürte.

»Scheint eine Menge Geld zu haben«, sagte er, »würde sich für Sie lohnen.«

»Ich weiß nicht recht –«

»Wird nicht allzu hoch hinaufwollen. Sie wissen ja, wie die Leute sind, die das erste Mal ins Hochgebirge kommen – irgendeine Bergbesteigung, damit sie daheim am Stammtisch etwas zu erzählen haben. Also, was soll ich ihm sagen, Bretschneider?«

Ich schlug, da es gerade vor mir lag, das Fremdenbuch auf. Die letzte Eintragung lautete: »Wilhelm Mitterlein, Hausbesitzer in P. Beabsichtigte Dauer des Aufenthaltes: eine Woche.«

Ich nickte. Ich wußte, daß er länger hierbleiben würde, sehr lange.

»Bretschneider ist gar kein so seltener Name«, sagte er.

Er war recht geschwätzig. Aber das sind sie oft, die Fremden, die neu zu uns kommen. Sie haben eine recht joviale Art, sich mit uns anzufreunden. Eigentlich nehmen sie uns nicht für voll, halbe Wilde, aber da wir wenigstens für

den Moment die einzigen Gesprächspartner sind, wohl auch, um sich selbst von der ungewissen Angst vor dem Berg hinwegzureden, gibt es bei ihnen keine Minute des Schweigens. Da ich ihm nicht antwortete, wiederholte er: »Bretschneider ist gar kein so seltener Name.«
»Bestimmt nicht. Hier im Dorf leben drei.«
»Ich sagte schon, ich hatte einmal eine im Haus, die hieß auch so«, meinte er, während wir aufwärts steigen, »sie wurde 1943 bei mir eingewiesen, vom Wohnungsamt. Was sollte man damals als Hausbesitzer dagegen machen? Die Städte verbrannten unter den Bomben, und wo sie ein leeres Zimmer fanden, vor allen in den kleinen Städten, beschlagnahmten sie es und legten hinein, wer gerade an der Reihe war. Nun, ich stand nicht sehr gut mit den Stadträten, sonst hätte sich vielleicht ein Ausweg finden lassen, denn ich hätte für meine kleine Mansardenwohnung, ein Zimmer mit Küche, gute Verwendung gehabt, man bekam damals eine Menge Geld und Sachwerte dafür. Aber ich war nicht schnell genug gewesen, die Behörde war schon da und brachte mir eine alte Frau mit, so um die 65 herum. Frau Bretschneider hieß sie, total ausgebombt, gerade das, was sie am Leibe trug, gehörte noch ihr. Ein kleines Köfferchen, eine Pappschachtel, das war alles.

Sie wissen ja, wie damals die Leute aussahen, die wir in unsere Häuser aufnehmen mußten.«
»Vorsicht!« rief ich ihm zu. »Achten Sie auf den Weg! Rechts geht es dreihundert Meter steil hinunter!«
»Wollen Sie mich nicht lieber anseilen?«
»Es ist nur ein kurzes Stück. Gehen Sie langsam vor mir her – ich halte Sie von hinten fest.«
Als wir die schräge, ein wenig vereiste Steinplatte hinter uns hatten, wurde der Weg wieder breiter, und wir gingen nebeneinander her. Herr Mitterlein blieb plötzlich stehen und zog seine Brieftasche heraus.
»Hier, wenn es Sie interessiert – das ist mein Haus. Da unten, das ist mein Laden – schöner Umsatz, kann ich Ihnen sagen, eine reine Goldgrube –«
Ich sah mir die Aufnahme interessiert an.
»Das da oben –«
Er nickte eifrig.
»Das ist die bewußte Mansarde, von der ich vorhin sprach. Ich habe sie 1945 ausgebaut, gleich nachdem der Krieg zu Ende war. Jetzt ist ein Bad und alles darin, was man zum Wohnen braucht, bis dahin war es ein Loch, ein richtiges Loch, aber was bekam man schon als Miete? War ja alles amtlich festgesetzt, vor allem, wenn man so einen vom Wohnungsamt eingewiese-

nen Zwangsmieter hatte, die nichts besaß –«
»Das bringt Verdruß« sagte ich.
»Sie können sich gar nicht vorstellen, wieviel Verdruß es gab. Ansprüche stellte die Person. Ein Hausschlüssel mußte her, vom Dach sollte es hereinregnen, der Herd brannte nicht, eine Treppenbeleuchtung mußte hinaufgeführt werden, ja, die Bretschneider verlangte oben sogar einen Schalter, damit sie das Licht einschalten konnte, wenn sie hinunterging – diese Ansprüche der sogenannten Flüchtlinge kennen wir ja alle zur Genüge, wenn einer nichts hat, verlangt er es von dem, der etwas hat – anfang 1945 dann, als man wußte, wie der Hase lief und die Not immer größer wurde, was hätte ich da für Geld für meine Mansardenwohnung bekommen! Goldstücke hat man mir angeboten, für jede Woche ein Goldstück, ich habe es dann auch bekommen, nun ja, Wohnraum war knapp und was knapp ist, dafür kann man verlagen, was man will – es hat lange genug gedauert, bis ich die alte Frau da oben aus dem Bau herausbekam.«
Der Weg vor uns gabelte sich. Links führte der normale Weg weiter, durch den Wald. Rechts war eine Abkürzung, aber der Pfad war sehr schmal und das Gras ein wenig rutschig. Er verlief dann entlang steiler Felswände, bis sechs-

hundert Meter Abgrund, die gefährlichsten Stellen waren durch Stangen gesichert.

»Rechts oder links?« fragte Herr Mitterlein, der vor mir ging.

»Wir werden hier erst ein wenig rasten«, sagte ich, ohne meiner Stimme einen Ausdruck zu verleihen, »der letzte Anstieg ist sehr mühsam, wir werden alle Kräfte brauchen.«

Ich warf meinen Umhang über einen breiten Baumstumpf und nötigte Herrn Mitterlein, Platz zu nehmen.

»Sie können mir inzwischen die Geschichte zu Ende erzählen, wie Sie die alte Frau da oben aus dem Bau bekamen.«

»Interessiert es Sie wirklich?«

»Ich glaubte immer, damals konnte man nichts gegen die Behörden unternehmen?«

Herr Mitterlein lachte selbstgefällig.

»Nicht gegen, mit ihnen, mein Lieber! Es war doch damals gerade die Zeit, wo man unnütze Esser auf das tote Gleis abschob. Damals starben die alten Leute in den Krankenhäusern wie Fliegen. Man wußte ungefähr, was geschah und wie es zugehen mochte, aber so Ungeheuerliches wollte keiner glauben. Was ging es uns auch an? Jeder war mit sich beschäftigt und mußte sehen, seine eigene Haut heil durchzubringen. Aber die alten Leute hatten Angst vor dem Krankwerden. Und nun wurde die alte Frau bei mir oben eines Tages krank. Eine kleine Grippe, weiter nichts. Sie hatte ihren Sohn besucht, der damals in Wien in einem Lazarett lag. Unterwegs auf der Eisenbahn mußte sie sich eine Verkühlung zugezogen haben, ernährt war sie auch nicht gut, sie hatte ja nichts zum Tauschen. Unsereiner tat sich da ein wenig leichter. Ware gegen Ware. Ich habe ihr ein paarmal angeboten, die goldene Uhr von ihrem Mann, eine Glashütter Uhr – ich hätte sie gern genommen, aber sie wollte sich nicht von ihr trennen, lieber verhungerte sie.«

»Ja, wenn sie sich von Ihnen nicht helfen lassen wollte!« sagte ich. Er genoß meine Zustimmung.

»Sie hätte von mir Speck haben können, Butter, Eier, Zucker, alles – man hilft ja gern, wo man kann – aber nein, die Uhr war ihr wichtiger. Und dann war sie eines Tages krank. Ich hätte es gar nicht bemerkt, denn was hatte ich mit der alten Frau zu tun, die mir das Wohnungsamt eingewiesen hatte?«

»Gar nichts. Ein Mensch.«

»Eben. Ein Mensch wie jeder. Da schickt sie mir also einen Zettel herunter. ›Ich bin krank‹, stand darauf mit zittriger Schrift, ›bitte, besorgen Sie mir einen Arzt‹.«

»Was Sie auch taten«, sagte ich.
»Natürlich. Man ist doch kein Unmensch. Das ist Christenpflicht. Ich rief also einen Arzt in der Nachbarschaft an und bat ihn, vorher zu mir auf einen Sprung hereinzukommen. Er tat es, und ich legte ihm ans Herz, die alte Frau am besten gleich in ein Krankenhaus zu bringen. Denn, Sie werden das verstehen, wer konnte sich da oben um sie kümmern?«
»Durchaus verständlich. Ihnen konnte man es doch nicht zumuten.«
»Sie müssen die Zeit bedenken, in der wir lebten. Ich hatte genug zu tun, mir die Substanz zu erhalten. Das war damals gar nicht so leicht.«
»Was sagte der Arzt?« fragte ich.
»Er war von jener Sorte Ärzten, die am liebsten einen Sterbenden wieder gesund machen möchte, so eine Art letzte rühmliche Ausnahme. Er kam von seinem Krankenbesuch in der Mansarde zurück und sagte: ›Ein leichter Fall von Grippe. In fünf Tagen ist die alte Dame wieder auf dem Damm. Nur ein wenig Bettruhe und kräftige Nahrung. Ich schicke eine Schwester und alles Nötige herüber.‹ – ›Wäre es nicht besser, gleich ins Krankenhaus, Herr Doktor?‹ sage ich. Und er: ›Ich halte es in diesem Falle nicht für nötig.‹ Was soll man gegen solche Ärzte machen, die sich nicht belehren las-

sen? Ich fühlte mich in diesem Falle aber doch verantwortlich für die arme alte Frau, ich konnte es einfach nicht mitansehen, wie sie da oben so allein und einsam lag, ich habe das Krankenhaus angerufen und die arme kranke Frau abholen lassen. Das war einfach Christenpflicht.«
Ich nötigte ihn zum Aufstehen, griff nach meinem Mantel und sagte:
»Und dann wurde die Mansarde leer?«
»Sie blieb es nicht lange. Ich hatte schon einen neuen Mieter. Eine Woche später zog er ein.«
Von dieser Bergtour kam ich allein zurück. Es war das erste Mal, daß mir so etwas passierte. Aber ich war wohl mit meinen Gedanken bei Dingen, die über ein Jahrzehnt zurücklagen, daß ich nicht genügend aufpaßte, als Herr Mitterlein die an sich gar nicht gefährliche Platte, die noch dazu mit Stangen geschützt war, heute aber eine dünne Eisschicht aufwies, passierte. Wir hatten kurz zuvor ein kleines Gespräch gehabt. Ich hatte meine goldene Taschenuhr herausgezogen und zeigte sie ihm.
»War es so eine Uhr, die Frau Bretschneider besaß?«
Er betrachtete sie interessiert.
»Ja. Genau so sah sie aus.«
»Sie ist eine Glashütter Uhr.«

»Wollen Sie sie verkaufen? Ich zahle Ihnen einen guten Preis dafür.«
Und da ich nicht antwortete, fuhr er fort:
»Woher haben Sie sie?«
Ich sagte:
»Ich fand sie, als ich aus der Gefangenschaft heimkam, im Nachlaß meiner Mutter, die in P. begraben liegt. Sie starb im März 1945 im dortigen Krankenhaus.«
Herr Mitterlein, 50, Kaufmann und Hausbesitzer in P., setzte seinen Hut ab und strich sich mit den Händen über sein Haar. Ich ging an ihm vorüber und forderte ihn auf, mir zu folgen. Ich hatte den schmalen Abkürzungspfad gewählt, den gefährlichen, und wir stiegen wortlos weiter bergan. Da geschah es. Ich hörte einen Aufschrei hinter mir, und ehe ich ihm noch zu Hilfe eilen konnte, sah ich, wie Herr Mitterlein, der auf dem schrägen großen Stein ausgerutscht und an den Stangen aufgefangen war, sich jetzt mit beiden Händen an der altersschwachen Holzstange festhielt, während seine Füße bereits über dem 400 Meter tiefen Abgrund hingen. Er schrie nicht, kein Ton kam über seine Lippen, er starrte mich nur an. Vielleicht hätte ich ihn noch retten können, aber ich war zu weit von ihm entfernt. Genau vierzehn Jahre. Plötzlich sah ich, wie die morsche Holz-

stange nachgab und mit einem häßlichen Ächzen mitten durchbrach. Ich schloß vor Entsetzen die Augen und hielt mir die Ohren zu.
So gab ich den Vorfall zu Protokoll, im Tal, bei der Bergwacht, die aufstieg, den Toten zu suchen. Zu seinen Habseligkeiten registrierte man eine goldene Taschenuhr, eine Glashütter Uhr, die unmittelbar neben dem Toten gefunden wurde. Ich hatte sie ihm in den Abgrund nachgeworfen. Er war ja so erpicht darauf gewesen. Auf die Uhr und die Mansarde meiner Mutter. Ich schlug ein Kreuz und bat Gott, mir zu verzeihen.

Dort, wo der Wald beginnt ...

Dort, wo der Wald beginnt die Fernstraße aufzunehmen, hatte sie ihren Standplatz. Meist bezog sie ihn kurz vor sieben, wenn die Dämmerung kam und die Sonne nur noch die oberen Wipfel der Bäume beschien. Da kam sie die wenigen Schritte von der Omnibushaltestelle zu Fuß herüber und blieb an ihrem Stammplatz stehen. Sie unterschied sich in nichts von ihren Berufsgenossinnen, die die anliegenden Wälder der Fernstraße bevölkerten. Vielleicht war sie ein wenig hübscher im Gesicht, und ihr Mund noch ohne die verräterischen tiefliegenden Falten zu beiden Seiten, die ihr Gewerbe verrieten. Das Auffälligste an ihr waren ihre großen dunklen Augen, mit denen sie ernst den Entgegenkommenden anblickte, der sie ansprach.

Das junge Mädchen stammte aus dem Hessischen. Sie hatte in Kassel in einer Weinstube gearbeitet, als Bedienung und für die Unterhaltung der Gäste eingesetzt, die sich in den dunklen Ecken der Stube meist allein einfanden und die Kellnerin aufforderten, ein Glas mitzutrinken. Dann aber hatte ihr das Leben mit den Kleinbürgern dieser Stadt nicht mehr behagt, die immer dasselbe wiederholen und bald aus dem Familienleben zu erzählen begannen, als ob es in Kassel nur unglückliche Ehen gäbe, – glaubte man ihren trunkenen Worten. Sie hatte ihr Bündel gepackt, die Eisenbahn bestiegen und war hierher übersiedelt, wo keiner sich um sie kümmerte. Das war vor zwei Jahren gewesen, und seitdem stand sie hier, eine von vielen, auf ihrem Stammplatz an der Fernstraße, drei Kilometer von der Stadtgrenze.

Sie kam sich vor wie die Vögel auf den Zweigen, eine ungebundene Natur. Sie hatte ein fröhliches Gemüt, nichts berührte sie, kein Ärger, kein Alltag, sie lebte in den Tag hinein, und das einzige, was ihre Laune verderben konnte, war der Regen zu den abendlichen Stunden. Zwar war sie gegen ihn durch einen Schirm geschützt, aber es ist ein Unterschied, ob man durch den Regen einem bestimmten Ziel zugeht oder wartend unter einem Schirm auf der Landstraße steht.

Sie hatte für zufällige Kunden nichts übrig. Ihr Tag und ihre Stunden waren genau eingeteilt. Sie hatte ihre festen Rendezvous, meist zweimal in der Woche mit jedem Interessenten. Heute am Montag würde Punkt sieben Uhr ein

Rechtsanwalt sie von ihrem Stammplatz mit seinem Wagen abholen und um neun ein alter Stammkunde undeutlicher Prägung, der sich weigerte, seinen Namen zu nennen. Jeder brachte sie wieder zurück, wo er sie hergeholt hatte, und kurz vor zwölf Uhr ging sie die wenigen Schritte zur Omnibushaltestelle hinüber, wo der Fahrer des letzten Wagens sich öfter den Spaß mit ihr erlaubte, wenn keine anderen Fahrgäste warteten, sie nicht zu bemerken und mit dem Omnibus vorbeizufahren, bis er dann doch gutmütig und froh seines gelungenen Scherzes den Omnibus zum Stehen brachte.
Sie hatte sich heute ein wenig verfrüht. Von der Nikolaikirche schlug es gerade sechs Uhr. Der Wind wehte ihr die Glockenschläge herüber, die sich im Wald verfingen, als plötzlich ein weißer Sportwagen neben ihr auf der Straße hielt, ein gutgelaunter junger Mann sich aus dem Fenster beugte und sie aufforderte, ein wenig mit ihm spazieren zu fahren. Sie hatte nichts dagegen einzuwenden, da es noch früh am Tage war, verpflichtete ihn jedoch, sie eine Stunde später wieder an der gleichen Stelle abzuliefern, da sie einer Verabredung zugesagt habe. Der fröhliche junge Mann versprach es, und sie fuhren beide in schneller Fahrt die Fernstraße zwanzig Minuten geradeaus, bis sie in

eine Lichtung und einen anschließenden Jungwald einbogen, wo es passierte. Ihr Begleiter kam von einem Symposion, er hatte eine Prüfung bestanden und mit Freunden den Nachmittag über gefeiert. Jetzt, angeregt vom genossenen Wein, entdeckte er sein Herz für die Schöne und überschüttete sie mit Liebesschwüren und Beteuerungen, die vielleicht bei seinen Kommilitoninnen am rechten Platz gewesen wären, hier aber nur ausreichten, das junge Mädchen zu verwirren und Gefühle in ihr zu erwecken, die mit ihrem Handwerk nichts zu tun hatten. Sie erwiderte seine Küsse und hatte plötzlich ein völlig anderes Lebensgefühl, als ob sie noch nie die Arme eines Mannes um sich gespürt hätte, und dieses Gefühl ließ auch nicht nach, als sie sich auf die Heimfahrt machten. Die Zeit bis sieben Uhr, wo der Rechtsanwalt sie auf ihrem Stammplatz abholen würde, der ihr stets eine Bonbonniere mitbrachte, in der sich ein größerer Geldschein befand, war knapp geworden. Sie drängte ihren Begleiter, die Fahrt zu beschleunigen. Es wäre ihr nie der Gedanke gekommen, das Rendezvous zu versäumen, denn dies hätte wahrscheinlich ihren ganzen Stundenplan dieser und der kommenden Woche durcheinander gebracht, auf dem ihre Existenz aufgebaut war. Der Mann an ihrer

Seite tat ihr den Gefallen und holte aus dem Wagen heraus, was herauszuholen war. Plötzlich begann der Wagen zu schleudern, der Fahrer fing ihn geschickt, ohne das Gas wegzunehmen, wieder ab, aber er hatte wohl im Übermut und in der Angabe des Triumphes, denn so faßte er seinen Sieg über das Mädchen neben sich auf, das Steuer überzogen, der Wagen scherte mit der Hinterhand nach der anderen Seite aus und landete in voller Fahrt an einem Baum. In diesem Augenblick war ihr, als flöge der Wagen in die Höhe, sie fühlte sich fortgeschleudert, wollte sich an etwas klammern, ihre Hände griffen ins Leere, sie fühlte sich auf dem Boden liegen und eine ungeheure Stille brach herein. Dann hörte sie das Laufen des Motors. Sie war sofort hellwach und stellte mit Erstaunen fest, daß ihr bis auf ein paar Prellungen nichts passiert war. Sie erhob sich und erblickte hinter dem Volant ihren Begleiter, der leblos dalag und aus dessen Mund Blut rieselte. In diesem Augenblick wußte sie, daß er tot war. Und jetzt geschah das Sonderbarste. Sie würdigte ihn keines Blickes. Sie dachte nur noch an den Rechtsanwalt, der in zehn Minuten an ihrem Standplatz vorfahren würde, sie mußte dort sein, es ging um mehr als um ein Rendezvous, es ging um ihren Standplatz seit zwei Jahren, um die Zukunft ihrer Rendezvous. Sie dachte an den Baumeister, der sie dienstags immer abholte, an den splendiden Autovertreter vom Mittwoch – sie durfte sich hier nicht aufhalten, sie war ganz nahe von ihrem Standplatz, keine zweitausend Meter – sie sah ohne Erschütterung auf den Fremden zurück, der noch vor wenigen Minuten lachend in ihren Armen gelegen hatte und der ihr jetzt so gleichgültig war, als hätte sie ihn nie gesehen, einer von Hundert, rein zufällig, keiner aus ihrem Kundenkreis. Man würde ihn finden, wichtig für sie allein war, daß sie aus seinem Gesichtskreis verschwand. Sie begann zu laufen und zu laufen und erreichte eine halbe Minute vor der Zeit ihren Standplatz. Dort wartete sie.

Der Reporter war ein Waisenknabe

Im Umbruch der großen Tageszeitung, auf der zweiten Seite, dickgedruckt, stand folgende Meldung:

»Gegen die Mutter unseres Weltmeisters Karl Friedrich Reiter ist eine Strafanzeige wegen Fleischdiebstahls in einem Rosenheimer Selbstbedienungsladen erstattet worden. Frau Reiter, die Mutter des Weltmeisters, soll versucht haben, Fleisch für DM 16 ohne Bezahlung mitzunehmen.«

Man kann über diese Notiz, mag sie nun wahr sein oder nicht, verschiedener Ansicht sein. Tatsache bleibt, daß sie nur in einer augenblicklichen Verwirrung der beinahe Neunundsechzigjährigen geschehen war, denn die Mutter lebte ohne Sorgen, hatte also diesen Diebstahl bestimmt nicht nötig, ganz abgesehen davon, daß der Sohn die Mutter über alle Maßen verwöhnte und versorgte, da er sehr an ihr hing. Der übereifrige Reporter hatte sich wohl nicht mehr dabei gedacht, als seiner Reporterpflicht zu genügen und ein goldenes Ei gefunden zu haben. Noch war die Zeitung nicht erschienen, die Korrekturfahnen waren in die Redaktion zurückgegangen, als es an der Tür klopfte, und ein Junge von fünfzehn Jahren, im Arbeitskittel der Setzerei, verlangte, mit dem zuständigen Redakteur, Herrn Thomas, sprechen zu dürfen.

»Ich bin hier in unserer Zeitung Lehrling, Herr Thomas«, begann er sein Anliegen, »wir sind daheim fünf Geschwister. Vater ist zeitig gestorben, und Mutter tut alles für uns Kinder. Wir hängen sehr an unserer Mutter. Ich weiß nicht, ob Sie mich verstehen werden, aber ich möchte nicht gern, daß diese Notiz über den Fleischdiebstahl in unserer Zeitung steht. Seitdem ich hier in der Lehre bin, liest meine Mutter unsere Zeitung von der ersten bis zur letzten Zeile. Ich fürchte, Mutter wird mich aus der Lehre nehmen, denn sie weiß ja nicht, wie es in einer Zeitungsredaktion zugeht, und mir die Schuld in die Schuhe schieben, daß ich nicht besser aufgepaßt habe, wenn diese Notiz erscheint. Mutter ist mit den Reiters befreundet, sie haben einmal vor Jahren neben uns gewohnt, seitdem verfolgt Mutter den Erfolg unseres Weltmeisters so aufgeregt, als ob es ihr eigener Sohn wäre. Aber ich fürchte, es ist nicht nur die persönliche Bekanntschaft, alle Mütter werden gleich empfinden und alle Söhne sich für die Notiz schämen. Ich finde diese Meldung einfach mies, es gibt Dinge, die man nicht weitererzählt, geschweige druckt. Ich weiß nicht, ob ich mich richtig ausdrücke und warum ich so empfinde, aber wir sind eine große Zeitung, ich bin sehr stolz darauf, hier Lehrling in der Setzerei zu sein, aber diese Notiz beschämt mich einfach, denke ich an meine Mutter, wenn sie dies bei uns liest.«

Der Lehrling sprach dies alles stockend und ungeschickt und wiederholte sich mit den gleichen Worten. Aber alles das, was er sagte, ging Herrn Thomas, dem Redakteur, zum Herzen, er strich diese Meldung, die sich hinterher auch als unwahr herausstellte, und das hatte ein kleiner Lehrling erreicht, keine 15 Jahre alt, der nur die Volksschule hinter sich hatte, aber empfand, wie es jedem zumute sein mußte, der diese Meldung gelesen hätte.

Denn Reporter sind oft Waisenknaben, fern von der Mutterliebe aufgewachsen ...

Ein Pfennig

»Wer den Pfennig nicht ehrt, ist des Talers nicht wert.«
»Was ist ein Taler, Mama?«
»Ein großes Stück Geld.«
»Was ist Geld, Mama?«
»Geld ist etwas, wofür man etwas einkaufen kann.«
»Was ist einkaufen, Mama?«
Frau Weidner strich ihrem fragelustigen Jungen, vier Jahre, über den Kopf.
»Du warst doch schon mit mir beim Bäcker, Butz. Der Bäcker gibt mir ein Brot, und ich gebe ihm dafür Geld.«
»Das was du in deinem braunen Portemonnaie hast?«
»Ja. Wofür ich beim Fleischer Fleisch und in der Molkerei die Milch kaufe.«
»Mama, warum habe ich kein Geld?«
»Geld muß man verdienen. Dafür muß man arbeiten.«
»Was ist Arbeit, Mama?«
»Du wirst es früh genug lernen. Schon in einem Jahr, wenn du in die Schule kommst.«

»Dafür bekomme ich dann Geld?«
»Für Schularbeiten nicht. Aber wenn du beispielsweise auf dem Balkon die Blumen gießt . . .«
Das hätte die Mutter nicht sagen sollen. Denn fünf Minuten später schwamm die Küche, und im Wohnzimmer standen Pfützen, und unter dem Balkon schimpften die Leute hinauf, die einen Schwapp Wasser auf den Kopf bekommen hatten.
»Mama, ich habe die Blumen gegossen!«
Frau Weidner beseitigte den Schaden, was bleibt einer Mutter übrig, sie entschuldigte sich vom Balkon und hielt ihren Jungen, den Missetäter hoch, damit die Leute ihn sahen und ihm verziehen, dann holte sie einen Putzlumpen, wischte Küche und Zimmer auf und seufzte:
»Mein Gott, Butz? Wann wirst du endlich vernünftig werden?!«
»Bekomme ich jetzt Geld, Mama?«
»Geld? Wofür?«
»Ich habe doch die Blumen auf dem Balkon gegossen.«
Da mußte die Mutter lachen, griff ins Portemonnaie und gab dem Jungen einen roten Pfennig.
Der erste Pfennig, das Geldstück in der Hand eines Vierjährigen, der erst vor einer Woche

vier Jahre alt geworden war, hat eine besondere Bedeutung. Der Junge ließ ihn nicht aus der Hand, fest preßte er ihn, ganz warm war schon der Pfennig, und immer wieder öffnete er die Hand, um zu sehen, ob er noch darin war. Dann lief der Junge zur Tür und rief:

»Ich gehe jetzt einkaufen, Mama!«

»Aber lauf nicht auf die Straße!«

»Ich bleibe in der Parkstadt! Da gibt es keine Autos!«

Schon fiel die Tür ins Schloß, und draußen war der Junge. Er lief die Treppen hinunter, den Fahrstuhl benutzte er nicht, er wußte, daß er dies allein nicht durfte, Vater war einmal mit ihm beim Hinauffahren im Fahrstuhl hängengeblieben und das kurz vor dem Mittagessen, seitdem machte der kleine Butz einen großen Bogen um die Fahrstuhltür. Vor dem Haustor angekommen, öffnete er noch einmal die Hand, um sich zu überzeugen, ob sein Pfennig noch darin war, dann stiefelte er los, über den Kinderspielplatz, wo er Christinchen, ein Jahr älter als er, im Sand spielen sah.

»Spielst du mit, Butz?«

»Keine Zeit!« sagte er, wie sein Vater, wenn Butz mit ihm spielen wollte, und fühlte sich sehr erwachsen.

»Wohin gehst du?«

»Zum Bäcker. Einkaufen!«
Eine halbe Stunde später stand er mit seinem Geld im Laden des Bäckers.
»Ich habe Geld!« sagte er.
»Bist du nicht der kleine Butz von Frau Weidner?« fragte die Bäckerin freundlich.
»Ich heiße Bernhard!« sagte Butz. Wenn einer Geld hat, will er respektiert und mit seinem vollen Namen angeredet werden.
»Und was wünschst du, Bernhard?«
Der Junge legte stolz seinen roten Pfennig auf die weiße Ladentafel.
»Vieles! Alles, was Sie haben. Und den Rest geben Sie mir dann heraus.«
Der rote Pfennig lag wie eine Verlockung.
»Möchtest du ein Stück Kuchen?«
»Eine Brezel aber auch. Ich habe gearbeitet und habe Hunger.«
Da schnitt die Bäckerin ein großes Stück vom Kuchen, nahm eine Brezel aus dem Korb, reichte beides dem Jungen und sagte:
»Ich kann im Augenblick nicht herausgeben. Darum schenke ich dir den Kuchen und die Brezel. Da, nimm deinen Pfennig wieder und grüß deine Mutti daheim!«
Ein Stück Kuchen und eine Brezel hinterher – das ist ein Kinderspiel für einen gesunden Jungen, sie in wenigen Bissen zu verschlingen auf

der Straße. Bei dem Rest der knusprigen Brezel unterbrach er seine Mahlzeit, denn er war gerade vor dem Fleischer angekommen, bei dem seine Mutter immer einkaufte, und starrte auf die Würste, die im Schaufenster lagen.

»Jetzt kaufst du dir eine Wurst zu deiner Brezel, Bernhard Weidner!« sagte der kleine Butz zu sich selbst, denn wer Geld hat, kann sich jeden Wunsch erfüllen. Er trat ein.

»Ich möchte eine Wurst zu meiner Brezel«, sagte er.

»Welcher Art?«

»Eine große«, sagte der Junge.

»Hast du auch Geld mit?«

Der Junge legte den warmen Pfennig aus seiner Hand auf den Tisch.

»Für den ganzen Pfennig Wurst! Aber gut wiegen!«

»Bist du nicht der Junge von Frau Weidner?«

»Ihr einziger!«

Da schnitt der Fleischer eine kleine Mettwurst vom Kranz und reichte sie dem Jungen.

»Was bin ich dafür schuldig?« krähte der Junge. Er hatte diesen Satz oft von seiner Mutter gehört, wenn sie ihn zum Einkaufen mitgenommen hatte.

»Das Wiederkommen!« sagte der Fleischer. »Da – schieb deinen Pfennig wieder ein!«

»Können Sie auch nicht wechseln?«
»Ein Pfennig wechselt sich so schwer«, sagte der Fleischer gutgelaunt, »da – nimm schon und hau ab!«
Zweimal war der kleine Butz seinen Pfennig nicht losgeworden. Er begann ihn mißtrauisch zu betrachten. Was war mit ihm? War es kein richtiges Geld? Konnte man damit nicht einkaufen? Nachdem er den Rest der Brezel und die Wurst verzehrt hatte, machte er einen neuen Versuch. Aber er war seiner Sache gar nicht mehr so sicher, als er seinen Pfennig auf die Ladentafel des Milchgeschäftes legte.
»Bitte ein Eis!« sagte er –
Die Milchfrau hatte den Pfennig noch nicht gesehen. Sie drehte sich zum Eiskasten und fragte: »Ein großes? Ein kleines?«
»Für einen Pfennig.«
Die Milchfrau erstarrte in ihrer Bewegung.
Sie drehte den Kopf zu dem kleinen Kunden: »Für einen Pfennig?«
»Ja. Für den ganzen.«
Da erkannte sie den Jungen, es kam wieder Bewegung in ihre dralle Taille, sie griff in die Kiste und holte ein großes Eis hervor.
»Da. Ich schenke es dir. Nimm dein Geld zurück. Und grüße deine Mama, kleiner Butz.«
Jetzt wollte der Junge schon nicht mehr Bern-

hard genannt werden, er war den Tränen nahe und fragte, fast unter Schluchzen:
»Ist denn das kein richtiges Geld?«
»Doch. Aus Pfennigen, wenn man sie zusammenspart, werden Taler. Also spar ihn!«
Von Talern hatte schon die Mutti daheim gesprochen. Also mußte der Pfennig doch echtes Geld sein. Aber ganz sicher war er seiner Sache nicht mehr, und er mußte ein paarmal die Nase hochziehen, in der noch der Beginn des Weinens saß, während er vor der Ladentür das Eis vom Stecken schleckte.
Dann ging er, immer noch den Pfennig in der Hand, nach Hause, und als er an Christinchen vorbeikam, die immer noch im Sand spielte und den Sand in kleine Tüten füllte, blieb er hinter ihr stehen und sah ihr lange zu. Dann warf er sich ziemlich heftig in den Sand und sagte:
»Ich spiele mit!«
»Das geht nicht«, sagte das Mädchen.
»Warum nicht?«
»Ich spiele Kaufmannsladen. Dazu mußt du Geld haben, um einzukaufen.«
»Ich habe Geld.«
Christinchen schaute mißtrauisch.
»Du? Ich glaube dir nicht.«
»Soll ich es dir zeigen?«
»Echtes Geld?«

»Einen Pfennig.«
Christinchen nahm den rotgoldenen Pfennig in die Hand, wog ihn, drehte ihn nach allen Seiten und sagte:
»Was soll's denn sein?«
»Was hast du?«
»Sand. Feinen Sand.«
»Und wieviel gibt es für einen Pfennig?«
»Eine große Tüte!«
Das kleine Mädchen behielt den Pfennig, schob ihn in ihre Schürzentasche und überreichte ihrem kleinen Kunden eine große Tüte Sand.
»Danke!« sagte Butz.
»Beehren Sie mich bald wieder!« sagte das Mädchen.
So kam es, daß Butz doch noch einen richtigen Einkauf gemacht und das Vertrauen zu seinem Pfennig wiedergewonnen hatte. Er trug die Tüte Sand nach Hause, stellte sie zu seinen Spielsachen, und als eines Tages die Tüte, die er oft stolz zur Hand nahm, platzte, holte er sich aus der Küche eine neue Tüte und kehrte sorgfältig Sandkorn für Sandkorn hinein, daß keines verloren ging. Denn was der Mensch mit seinem erarbeiteten Geld gekauft hat, behält seinen Wert über die Jahre hinaus. Und wenn es nur eine Tüte Sand vom Kinderspielplatz ist.

Charme
oder
Gottes Mühlen mahlen langsam

1.

»Hirschparkstraße 19?«
»Das Eckhaus dort drüben. Der Eingang ist von der Nebenstraße.«
»Ich danke Ihnen.«
»Hoffentlich haben Sie Glück. Sie wollen zu Rechtsanwalt Dr. Cuserius?«
»Ich fand seine Anschrift im Telefonbuch.«
»Dr. Cuserius ist um diese Stunde meist auf dem Gericht oder in seiner Stadtkanzlei.«
Ich bedankte mich für die Auskunft und ging weiter, die Straße hinunter. Ich habe in meinem Leben nie etwas mit Rechtsanwälten zu tun gehabt. Ich kenne einige aus dem gesellschaftlichen Leben in unserer Stadt, aber zu ihnen wollte ich mit meinen Sorgen nicht gehen. Man vertraut sich einem völlig Unbekannten leichter an, vor allem in meinem Fall. Ich suchte also die Adresse irgendeines Anwaltes im Telefonbuch. Der Zufall ließ mich auf Dr. Cuserius stoßen, Hirschparkstraße 19. Ich entsann mich beim

Lesen des Namens, daß er ein paar Prozesse als Strafverteidiger an unserm Gericht geführt hatte, die Zeitungen hatten darüber geschrieben, am ausführlichsten über jenen Prozeß gegen einen Mann, der in Notwehr mit drei Schüssen einen Erpresser niederstreckte, der ihn jahrelang mit immer höher werdenden Forderungen verfolgt hatte. Cuserius hatte damals diesen Mann verteidigt und freibekommen. Eigenartigerweise waren wir zwei uns noch nie begegnet. Dabei stehe ich im öffentlichen Leben, ich ein Stadtrat, in der Fürsorge und im Gesundheitsamt tätig, auch in mehreren karitativen Vereinigungen, wie das so geht mit diesen Ämtern, die man den Bürgern einer Stadt aufbürdet, von denen man annimmt, sie finden neben ihrem Beruf die Zeit dazu. Wichtig allein ist, daß sie ein unantastbares Leben führen und keine Angriffsflächen der Gegenpartei und ihrer Presse bieten.

Nun, hierüber konnte man beruhigt sein. Mein Leben lag seit meiner Studentenzeit, die ich in Wien verlebte, offen vor aller Augen. Mit achtundzwanzig Jahren war ich in meine Geburtsstadt zurückgekommen, hatte nach dem Tod meines Vaters die Fabrik übernommen. Wir stellen seit zwei Generationen medizinische Instrumente her und haben einen gewissen Weltruf darin. Über dreiundzwanzig Jahre lebe ich jetzt schon hier, ich hatte mir unter den Töchtern dieser Stadt eine Frau gewählt, die Tochter eines Apothekers, ein Mädchen von heiterer Anmut, nicht ohne Mitgift, zwei Jahre in einer Pension in Lausanne erzogen, unsere Ehe war glücklich geworden. Wir hatten drei Kinder, sie leben heute noch bei uns, der Älteste hat gerade sein Abitur hinter sich. Yvonne geht in die Tanzstunde des Schloßgymnasiums, eine Auszeichnung, denn man ist sehr streng in der Auswahl der jungen Mädchen, mit denen die Schüler des Gymnasiums wöchentlich zweimal am Abend im Schloß die Anfänge der vergnüglichen Kunst erlernen, ein Vergnügen, an dem teilzuhaben auch den Eltern gestattet ist. Wir sitzen dann auf der »Drachenburg«, drei Stuhlreihen auf einem etwas erhöhten Podium. Nach Schluß des Unterrichts nähert sich uns mit feierlicher, geradezu altmodischer Gebärde der Tanzmeister und gibt sich die Ehre, uns zu einem Walzer mit seinen Schülern aufzufordern. Ich wähle dann stets meine Tochter, sie ist eine angenehme Tänzerin, und ich wüßte nicht, ob es den anderen jungen Mädchen – mein Gott, sie sind sechzehn und siebzehn, und ich habe die Fünfzig schon hinter mir – Spaß machen würde, wenn ich sie zum Tanz aufforderte.

Meine Tochter behauptet zwar, ich wäre ein prima Tänzer und alle ihre Freundinnen beneideten sie um diesen Tanz, aber ich möchte lieber nicht die Probe aufs Exempel wagen. Zugegeben, ich stolpere nicht gegen den Takt und hüpfe nicht durch den Saal, wie es manche gern tun in meinem Alter, in dem Glauben, ihre vor dreißig Jahren erlernte Tanzkunst dadurch ein wenig modernisieren zu müssen, indem sie beim Tanz den Fuß heben und nach hinten ausschlagen, während sie mit dem Standbein wippen und hüpfen, ein Aufundnieder der Glatzköpfe. Doch davon wollte ich nicht erzählen, auch nicht von meinem Jüngsten, der die Bänke der Untertertia drückt, gut im Turnen und schlecht im Latein – wie es meist zusammenfällt, auch umgekehrt. Ich denke gerade jetzt auf meinem Weg zum Anwalt an unser schönes Heim und den geordneten Wohlstand, in dem wir leben. Unser Haus gilt als gastfreundlich, es herrscht eine wohltuende Harmonie, sogar unsere Dienstboten haben wir seit Jahren, und ich höre manchmal, wenn ich unbemerkt einen Gesprächsfetzen zwischen ihnen erhasche, daß sie stolz darauf sind, bei uns zu leben.

Wenn sie wüßten, was inzwischen geschehen ist! Vorgestern sagte meine Frau noch beim Frühstück zu mir:

»Martin, weißt du, was mich so glücklich macht? Daß wir zwei in Ehren grau geworden sind, daß du nie etwas getan hast, dessen du dich hinterher schämen mußtest – was für ein guter Gedanke für mich als deine Frau, zu wissen, daß keiner vor dich hintreten kann und zu dir sagen: bitte, geben Sie uns eine Aufklärung, am besten, Sie packen Ihren Koffer für drei Tage und kommen gleich mit uns ... man liest doch jetzt so oft darüber in den Zeitungen, es sind Menschen, mit denen man noch gestern ahnungslos beisammen saß ...«

Ja, das war erst gestern gewesen. Martin war aufgestanden, zum Stuhl seiner Frau getreten und hatte seinen Kopf an den ihren gelegt, eine Geste, die sie beide liebten und hinter der sie eine unendliche Zärtlichkeit füreinander verbargen. Ein rechtschaffenes Leben, ja, das hatte er geführt, er war stolz darauf und freute sich, daß seine Frau dieses Glück der Geborgenheit empfand. Er hatte sich immer nach den Gesetzen gerichtet, es ist der beste Weg zu einem gesicherten Dasein, er hatte es bewußt getan, ein schlechtes Gewissen ist ein häßlicher Begleiter, es macht krank und den Menschen gegenüber unterwürfig. Einmal wäre er beinahe in Versuchung geraten, das Gesetz zu übertreten. Er war auf der Jagd in seinem Revier gewesen, den ganzen Sommer über war er einem kapitalen Sechserbock nachgelaufen, einem Prachtkerl, wie man ihn nur selten in den ausgeschlossenen Jagden zu sehen kriegt. Am letzten Tage seines Jagdurlaubes, auf dem Heimweg von einem vergeblichen Pirschgang, stand er ihm plötzlich gegenüber. Keine fünfzig Schritt, auf einem goldgelben, schnittreifen Weizenfeld, den Kopf hoch aufgeworfen, das stark geperlte Gehörn in den letzten Strahlen der untergehenden Sonne. Schon hatte Martin die Büchse gehoben, er wußte, daß er ihn nicht schießen durfte, nicht hier, denn er stand über der Grenze seines Reviers, im Staatsforst. Er kannte den Förster von drüben, selbst wenn er ihn bei diesem Jagdfrevel überraschte, wäre es wahrscheinlich zu keiner Anzeige gekommen, in solchen Fällen einigt man sich anders, man zahlt einen hohen Betrag für einen karitativen Zweck ... aber dann ließ er doch die Büchse wieder sinken, man tut nichts Ungesetzliches, auch nicht im Eifer des Jagdfiebers. Er klatschte in die Hände, den starken Bock zu vergrämen, um nicht noch ein zweites Mal der Versuchung nachzugeben. An diesem Abend war er in das Gasthaus zurückgekommen, in dem er seit acht Jahren sein Zimmer hatte, hatte wortlos seinen Rucksack gepackt und war noch in der Nacht heimgefahren. Zwei Tage später schrieb er der Jagdgenossenschaft, daß er von seiner Pacht zurücktrete und man sein altes Revier von heute auf morgen in andere Hände verpachten könnte.

Am besten geht man den Dingen aus dem Weg, die man vielleicht nicht meistert, sagte er sich, diesmal war es noch gut gegangen, aber das Begehren war da, er hatte es überwunden, aber das nächste Mal?

Martin Landgreve mußte einen schnell daherkommenden Wagen abwarten, der die Hirschparkstraße durchschnitt, ehe er sie überschreiten konnte, um zu dem Eckhaus zu gelangen. Jetzt erkannte er auch, warum er vorhin die Hausnummer 19 nicht gefunden hatte. Das Haus war von vorn ohne Eingang, und als er jetzt in die Nebengasse einbog, keine eigentliche Straße, eine kurze Sackgasse, die im unbebauten Gelände endete, nur zwei Häuser, die noch zur Hirschparkstraße zählten, las er über der Haustür aus dunklem Nußbaumholz die Nummer 19 und darunter auf der Tür ein schmales Messingschild: Dr. Friedrich Cuserius, Rechtsanwalt. Er läutetete.

2.

»Zigarette?«

»Danke. Ich bin Nichtraucher.«

»Dann darf ich Ihnen ein Glas Sherry einschenken«, sagte der Anwalt und erhob sich, »wenn Sie schon nicht rauchen, etwas sollten Sie zu sich nehmen, um Ihre Aufregung erst einmal abklingen zu lassen.«

»Ich –«

»Bitte, lassen Sie mir eine Minute Zeit, um erst meinen Hausherrenpflichten nachzukommen.«

Martin Landgreve hatte Glück gehabt. Er hatte den Anwalt daheim angetroffen. Dr. Cuserius saß über den Akten. Für morgen war ein Strafprozeß angesetzt, in dem es für seinen Mandanten nicht zum besten aussah. Er hatte sich die Akten zu einem nochmaligen gründlichen Studium über Sonntag in seine Wohnung mitgenommen. Das Material war umfangreicher, als er geglaubt hatte. Widersprüche in den einzelnen Zeugenaussagen wurden offenkundig, einem Hauptentlastungszeugen war die Vorladung erst zu spät zugestellt, so daß seine Aussage noch ausstand, Rechtsanwalt Dr. Cuserius hatte also auch den gerichtsfreien Montag zu seinem Studium benutzt und war vorerst mehr ungehalten als erwartungsvoll, als es draußen am Tor läutete. Kurze Zeit darauf war ein Herr in sein Arbeitszimmer getreten, wenig beherrscht, der sofort mit seiner Erzählung begann, sich unterbrach, sich als Dr. Martin Landgreve vorstellte, nein, kein Prozeß, nur eine Frage, einen Rat, eine Hilfe, die er sich in einer ausweglosen Situation erbat. Der Rechtsanwalt hatte seine ausgebreiteten Akten zusammengeschlagen und seinen Besucher gebeten, Platz zu nehmen. Er stellte ein Glas Sherry vor ihn auf den Tisch und sagte:

»Ich begreife Ihre Verwirrung, aber es ist mir lieber, Sie erzählen mir den ganzen Vorgang ausführlich und in Ruhe. Wenn ich Sie recht verstanden habe, befanden Sie sich gestern vormittag allein. Ihre Gattin und die Kinder waren in die Kirche gefahren . . .«

». . . da läutete es. Ich achtete nicht darauf, denn es ist die Sache der Mädchen, zu öffnen und erst den Besuch nach seinem Anliegen zu fragen. Meist sind es belanglose Dinge, die sich in der Tür von selbst regeln. Da läutete es zum zweiten Male. Es war ein unangenehmes, nichts Gutes ankündigendes Läuten. Ich weiß nicht, ob Ihnen das Gefühl bekannt ist, das ein Läuten an der Tür auslösen kann. Es ist dieselbe Glokke, aber vielleicht ist es die Art, wie man den Klingelknopf betätigt. Neben dem herkömmlichen Klingeln des Briefträgers beispielsweise oder dem fast fröhlich anmutenden Läuten, wenn erwartete Gäste ins Haus kommen, bringt eine Hausglocke oft Töne hervor, die uns erschreckt zusammenfahren lassen. Ich erinnere mich noch deutlich an meine Studentenzeit, wenn der Hauswirt an der Tür läutete, weil ich mit der Miete im Rückstand war. Das klang wesentlich anders als das Klingeln des Geldbriefträgers mit dem Monatswechsel vom alten Herrn. Auch die Waschfrau läutete anders, wenn sie meine gebügelten Hemden brachte und das Geld dafür gleich kassieren wollte. Nun, gestern morgen läutete es ebenfalls wieder auf eine sonderbare Art. Ich saß allein im Zimmer, ich las eine medizinische Fachzeitschrift. Ich erwartete niemanden, meine Frau und Kinder konnten noch nicht zurücksein, außerdem hatten sie einen Schlüssel, da läutete es zum dritten Male. Jetzt fiel mir ein, daß unsere beiden Mädchen heute Ausgang hatten. Es hatte sich so gefügt, weil wir vorigen Sonntag Gäste hatten und beide Mädchen im Haus bleiben mußten ... nun gut, ich erhob mich und trat ans Fenster. Ein eleganter Wagen mit einem ausländischen Kennzeichen stand vor meinem Haus, ich hatte ihn nicht vorfahren hören, es war ein besonders langgestreckter Wagen, ziegelrot, trotz seiner Größe sportlichen Charakters, die Form eines Kabrioletts, ohne ein Kabriolett zu sein. Der Wagen schien leer. Ich beugte mich ein wenig zum Fenster hinaus, bis ich den Blick zur Haustür hatte und sah auf dem oberen Treppenabsatz von hinten die Gestalt eines Mannes abwartend stehen. Ich konnte sein Gesicht nicht erkennen, auch nicht die Art, wie er sich kleidete, er stand im Schatten einer der beiden Säulen, die mein Haustor einrahmen.

»Hallo?« rief ich hinunter, »zu wem wollen Sie denn?«

Der Herr trat einen Schritt zurück.

Er zog seinen Hut und grüßte.

»Habe ich die Ehre mit Dr. Martin Landgreve?«

»Ja«, sagte ich, »warten Sie bitte, ich komme sofort hinunter und öffne Ihnen.«

Es schien kein unangenehmer Besucher zu sein. Er sah großartig aus, auch seine Stimme war überaus angenehm. Er hatte die gepflegte Redeweise eines Österreichers, für die ich aus meiner Wiener Zeit ein Faible habe, ich unterliege auch heute noch sehr schnell dem Wiener Charme, was sich bei Geschäftsverhandlungen mit einem Partner aus Österreich nicht immer günstig für mein Vorhaben auswirkt. Aber gewisse Kreise in Wien und auch in Linz vor allem sprechen ein so gepflegtes Hochdeutsch, nur ganz leicht im Klang getönt, dabei bedienen sie sich eines doppelten Wortschatzes, der ihnen ermöglicht, genau das auszudrücken, was sie sagen wollen.

Vielleicht macht gerade die reiche, wortfüllige Sprache dieses Landes das aus, was wir landläufig mit Wiener Charme bezeichnen, aber auch die Zwischengesten sind es, eine kleine Handbewegung, die zwischen den Worten steht, ein Lächeln, statt etwas zu reden, das Senken oder Seitwärtslegen des Kopfes – ich bin oft in Salzburg drüben und sitze am Morgen im Kaffee Tomaselli, nur um den Leuten am Nachbartisch zuzuhören, wie sie sich unterhalten oder wie sie beim Kellner Franz eine Melange bestellen und die Salzburger Nachrichten, wenn sie nicht gerade in der Hand ist. Ich beeilte mich also, diesen Mann vor meiner Haustür, der mir das Vergnügen sonntäglichen Gespräches versprach, nicht länger warten zu lassen, eilte hinunter und öffnete.

»Verzeihen Sie gütigst«, sagte ich, »ich hatte vergessen, daß ich allein im Haus bin. Bitte, treten Sie ein.«

Er lächelte mir liebenswürdig zu und hielt mir seine Hand entgegen.
»Gestatten Sie, ich heiße Felix Auernheimer«, sagte er, »ich bringe Ihnen Grüße aus Wien.«
»Seien Sie mir darum doppelt herzlich willkommen!«
Er folgte mir mit einer Sicherheit, als sei er schon oft Gast in meinem Haus gewesen, in die kleine Halle, wo der Kamin brannte. Ich deutete auf einen der beiden großen Sessel.
»Wenn ich Sie bitten darf, Platz zu nehmen?«
Er dankte mit einer kleinen Verbeugung und setzte sich.
»Ich habe schon so viel von Ihnen gehört und freue mich, nun eines Tages doch noch Ihre persönliche Bekanntschaft machen zu dürfen.«
»Sie kommen aus Wien?«
»Nicht direkt. Genauer gesagt, ich fahre nach Wien zurück. Ich habe ein paar sehr angenehme Wochen an der Riviera hinter mir – darf ich rauchen?« Ich schob ihm schnell die goldene Dose, das Geschenk einer Klinik zu unserem hundertjährigen Geschäftsjubiläum, hinüber.
»Verzeihen Sie meine Unachtsamkeit. Ich selbst bin Nichtraucher – aber hier sind Zigaretten, bitte, bedienen Sie sich!«
Während er sich eine Zigarette anzündete, betrachtete er unbefangen und mit sichtlichem

Behagen die Möbel und die Bilder an den Wänden.
Er deutete auf eines.
»Fast ein Waldmüller«, sagte er.
Ich lachte.
»Leider nur fast. Ich fand es auf einer Versteigerung. Es ist unsigniert, aber mir gefiel es.«
Sein Blick glitt weiter und blieb auf den Gehörnen und Geweihen über dem Kamin hängen.
»Sie sind Jäger?«
»Meine kleine Trophäensammlung«, sagte ich, »es ist nichts von Bedeutung dabei.«
»Liebe Erinnerungen!« sagte mein Besucher und lächelte.
»Die Erinnerungen sind oft das Beste im Leben.«
»Manchmal steigen sie vor uns auf, ohne daß wir es wollen. Man hat auch seinen Ärger mit ihnen.«
»Mag sein. Ich leide nicht darunter.«
»Sie sind zu beneiden. Dabei ist es nur Auffassungssache. Ich sehe hier an der Wand einen starken Keiler mit zwei mächtigen gesunden Hauern. Als Sie ihn geschossen haben, war da nicht eine Myriade Stechfliegen unterwegs? Wenn Sie jetzt Ihre Trophäe betrachten, kommen Ihnen da nicht die Stiche in Erinnerung? Ich meine, es müßte doch eigentlich so sein?«

Ich lachte: »Das Gute behält man, das Schlechte vergißt man.«
»Das Rezept zum vollkommenen Glück auf Erden. Ich werde es mir merken und danach mein Leben hinfort einrichten. Sehen Sie, es nützt. Ich habe schon vergessen, daß ich dreimal läuten mußte, ehe mir aufgetan wurde. Jetzt sitze ich hier, Ihnen gegenüber, zwischen kostbaren Möbeln und Bildern, es wird zu meinen schönen Erinnerungen gehören, hoffentlich auch zu den Ihren.«
Ich hatte die Empfindung, als ob er zögerte, ehe er den letzten Satz aussprach. Aber ich glaube, es war eine Täuschung.

3.

»Mein Name wird Ihnen nichts sagen«, fuhr mein Besucher nach einer Weile fort, »der Ihre sagt mir sehr viel ... er wird bei uns oft genannt, auch von den Eltern meiner Frau.«

»Sie sind verheiratet?«

»Ich habe das große Los in meiner Ehe gezogen. Sie kennen übrigens meine Frau.«

»Ihre Gattin?«

»Vielleicht werden Sie sich nicht mehr an sie erinnern – Gerti heißt sie mit Vornamen – Sie kennen sie aus Wien – Gerti Altmann hieß sie damals.«

»Gerti Altmann?«

Ich dachte nach. Mir war der Name fremd.

»Es ist, wie ich vermutete«, sagte der Fremde, »ich erklärte es schon Gerti: wahrscheinlich werden Sie sich nach so vielen Jahren nicht mehr an sie erinnern. Aber sie bestand darauf, daß ich Sie aufsuchen und Ihnen ihre Grüße bestellen sollte.«

»Die Grüße einer hübschen Frau nimmt man immer gern entgegen«, sagte ich, »Ihre Gattin kennt mich aus Wien?«

»Ja. Sie waren damals im sechsten Semester und wohnten bei ihren Eltern.«

Richtig, jetzt entsann ich mich. Gerti Altmann! Im Kaasgraben war es gewesen, draußen im neunzehnten Bezirk, an den Hängen des Wiener Waldes. Ich war von Würzburg nach Wien herübergekommen, um die letzten Semester an der Wiener Universität zu studieren. Am Tag meiner Ankunft hatte ich im Neuen Wiener Tagblatt ein Inserat aufgegeben und nach einem Studentenlogis gesucht, möglichst mit Mittagstisch oder voller Pension, jetzt erinnerte ich mich genau. Über hundert Briefe hatte ich auf mein Inserat vom Schalter abholen können, manche schieden von vornherein wegen des hohen Preises aus, andere wieder lagen in Bezirken, in denen ich nicht gern wohnen wollte, in Floridsdorf draußen, hinter der alten Donau oder in Hernals, aber Döbling jenseits der Hohen Warte und unmittelbar neben Grinzing und Nußdorf gelegen, mit dem nahen Blick zum Kobenzl hinauf und ringsum die Weingärten, das verlockte mich.

Kaasgraben 12 las ich als Adresse und darunter stand: »Gute Straßenbahnverbindung mit der Linie 19 zur Universität!«. Ich fuhr mit der Straßenbahn hinaus, durch die Währingerstraße hindurch, die Billrothstraße entlang und stand zwanzig Minuten später vor einem Einfamilienhaus, das in einem schönen baumbestandenen Garten stand. Ringsherum war ein Holzlattenzaun geführt, von Fliederhecken durchwachsen, zu deren Füßen die Veilchen ein zweites Mal blühten. Es war Herbst, die Bäume hatten bereits ihre braunen Blätter fallen lassen, niemand hatte sie zusammengekehrt, so lagen sie, wie sie der Wind hingeweht hatte, fußhoch auf dem schmalen Steinweg zur Haustür. Ich habe das knisternde, heisere Rascheln der Blätter heute noch im Ohr, wie ich durch die offene Pforte eintrat und die Hecke entlang zum Haus ging. Das erste, was mir noch vor der Tür begegnete, war eine Schar junger Menschen, Schüler und Gymnasiastinnen, ihre Schulbücher mit einem Lederriemen zusammengebunden und die kleinen Lehrpakete in ihren Händen lustig hinundherpendelnd.

Sie liefen an mir vorbei und warfen mir einen kurzen Blick zu.

Eines der jungen Mädchen blieb stehen und rief:

»Sind Sie der Student, der inseriert hat?«

»Ja«, sagte ich.

»Wirklich?« fragte sie und lachte dazu.

»Ja. Wirklich.«

»Gehen Sie ruhig ins Haus. Mama erwartet Sie.«

Das war Gerti gewesen, Gerti Altmann. Jetzt

stand alles wieder klar vor meinen Augen. Die kleine Gerti Altmann, ein besonders hübsches Ding. Fünfzehn Jahre, wie ich damals schätzte. Jetzt fielen mir auch die anderen Namen jener junger Menschen wieder ein, mit denen ich damals zusammenlebte. Ihr Bruder Hans, blond, schmal, immer ein wenig heiser, ihre Freundinnen Agathe, Frauke, Judith und Nanni und die Jungens, alle Schüler des Döblinger Gymnasiums, Koli, Poldi, Heinz und wie sie hießen. Was war das doch für eine lustige Zeit gewesen, damals in Wien. Unser gemeinsames Studieren, unser Mah-Jong-Spielen am Abend im Garten, unsere Sonntage mit den Spaziergängen durch den Wiener Wald, unsere heimlichen Praterbummel am Sonntag, wo wir das verstaubte Panoptikum auf den Kopf stellten, uns als Puppen zwischen die Massenmörder stellten, daß die Leute über den Zuwachs an Attraktionen in dieser billigen Schaubude staunten, »schaut, so jung noch, fast wie ein Kind – was mag er verbrochen haben?« wir hatten nichts verbrochen, wir hatten uns einen lustigen Tag gemacht. Ich weiß auch noch, wie wir Judith auf eine Bank gelegt hatten, »Die Schöne von Marakesch« hatten wir auf ein Plakat gemalt, und wie ihr voller weißer Busen sich hob und senkte. »Weg! Jungens! Das ist nichts für euch!« hatten

die Besucher gerufen und waren andachtsvoll vor dem Wunder der Technik, das jetzt sogar noch das Atmen vortäuschte, verharrt. Der Besitzer, den sie riefen, damit er uns von dem unpassenden Anblick vertreiben sollte, fand die Schöne aus Marakesch nicht mehr vor und kam mit den Besuchern seiner Schaubude ins Streiten. Wir aber waren längst bei den Schiffsschaukeln und vor dem Riesenrad, zogen Grimassen zu den in die Höhe Schwebenden, wir wußten, vor zwanzig Minuten konnten sie nicht wieder auf dem Erdboden sein, so lange dauerte die Fahrt für zwanzig Groschen.
Alles das steht jetzt wieder leibhaftig vor mir, auch unsere sonnigen Badetage im kleinen Grinzinger Bad hoch droben mit einem Blick über die ganze Stadt . . . immer waren wir zusammen, ich war der Älteste in unserer Schar, ein Dutzend junger unbeschwerter Menschen, gleichviel Mädchen wie Jungen, ich war sozusagen der Boß mit meinen vierundzwanzig Jahren, der umschwärmte Erwachsene und dabei der übermütigste von allen.
Natürlich, ich gestehe es, verlockten mich die jungen, halberwachsenen Mädchen dieses Kreises, Wienerinnen noch dazu, und ich kam aus Norddeutschland, die Würzburger zwei Jahre nicht gerechnet, kein Wunder, daß ich mich

bemühte, die Steifheit und das Korrekte, das in mir war, abzulegen und die Leichtlebigkeit des Umganges, ja sogar den Wiener Charme zu erlernen. Sie machten es mir dabei leicht, die sechzehnjährige Agathe Michel mit ihren zwei langen, wachsblonden Zöpfen, die hochgewachsene rotbraune Frauke Lauterbach, wohl eines der schönsten Mädchen, das ich je gesehen hatte. So etwas erblüht nur in Wien, wächst auch dort nur draußen in Döbling auf, jenem Villenviertel vor der Stadt, wo die Väter ihrer Familie ein Haus gebaut haben und Berufen nachgehen, die von vornherein ihren Töchtern einen Hauch von Schönheit geben: Agathes Vater war Burgtheaterdirektor, Judith Wassermann, die Tochter von Jacob Wassermann, Fraukes Vater war Chefarzt einer großen Klinik, es ist schon ein besonderer Zauber um die jungen Mädchen in diesem Bezirk Döbling ... und wie durch einen Zufall war das Haus Altmann der Mittelpunkt geworden.

Es lag irgendwie am Ende des gemeinsamen Schulweges, von hier trennten sich die Wege zu den einzelnen Häusern, hier versammelte man sich, wenn man mit der Straßenbahn in die Schule fuhr, ein Mittagstisch war daraus geworden, wir saßen zu vierzehn am Tisch, der in der Diele des ersten Stockes im Kreisbogen einer gewundenen Treppe stand, durch einen Zufall saß ich obenan, an der Schmalseite, wie auf einem Thron saß ich dort und dirigierte die Fröhlichkeit um mich, aß mit einer Trauermiene, wenn es mir einmal nicht schmeckte und die anderen folgten im Chor, indem sie ernst und traurig auf ihren Teller blickten, bis Frau Altmann fragte: »Was ist? Schmeckt es euch heute nicht?« – »Es ist ganz vorzüglich gekocht«, antwortete ich schnell, und die anderen stimmten im Kanon ein: »Vorzüglich gekocht – vorzüglich gekocht – es ist – gekocht – vorzüglich!« Ich weiß heute nicht mehr, worüber wir jeden Tag lachten, aber wir lachten, und zwischendurch gab einer seine Schulerlebnisse zum besten und wir schmiedeten Pläne für den schulfreien Nachmittag, ob wir baden gehen sollten oder tennisspielen oder hinauf zur Wassermannvilla, wo heute Ernst Lissauer aus seinem neuen Gedichtband las. Das letzte Mal hatte die Hausfrau dazu jedem Zuhörer eine Oelsardine, auf einer Rippe Schokolade liegend, serviert. Manchmal fuhren wir auch hinein in die Psychiatrische Klinik, wo Professor Wagner Jauregg Zwischenstationen gestörten Bewußtseins seinen Studenten an lebenden Patienten vorführte und man zwischen den eingeschriebenen Studierenden mit hineinschlüpfen

konnte und es hinterher zwischen uns aufgeregte Debatten gab.
»Erinnern Sie sich jetzt an Gerti?« fragte mein Besucher.
»Ja. Die ganze Zeit steht jetzt wieder vor mir.«
»Gerti wird sich freuen, das zu hören.«
»Wie geht es den Eltern?«
»Sie sind beide wohlauf und leben noch immer in ihrem Haus im Kaasgraben.«
»Ich hatte so oft vor, sie einmal zu besuchen.«
»Eine größere Freude könnten Sie ihnen nicht machen.«
»Sie müssen beide schon sehr alt sein.«
»Ja. Es ist still um sie geworden. Wir kommen selbst nicht oft hinaus. Zuerst: jung und alt – Sie verstehen – und jetzt hat es sich so ergeben, daß wir uns nur selten sehen. Aber das Haus steht noch. Und der Garten. Nur ist er noch mehr verwildert, als er wahrscheinlich schon zu Ihrer Zeit war.«
»Ich möchte wissen, was aus dem Baum geworden ist, den ich damals gepflanzt habe«, sagte ich, »eines Sonntags habe ich im Wiener Wald einen kleinen Nußbaum ausgegraben und im Garten eingesetzt. Wissen Sie, ob der Nußbaum noch steht?«
Er lachte:
»Ich bin überfragt. Ich weiß einen Nußbaum

nicht von einem Birnbaum zu unterscheiden.«
»Er stand vorn am Zaun. Gleich neben dem Gartentor.«
»Und wenn Sie mich umbringen, ich weiß es nicht, ob ein Nußbaum dort steht.«
»Fragen Sie Ihre Frau und schreiben Sie es mir, wenn Sie wieder in Wien sind«, sagte ich, »ich habe nie mehr an den Nußbaum gedacht, die ganzen Jahre nicht, aber jetzt werde ich nicht schlafen können, wenn ich nicht weiß, ob der Nußbaum noch steht oder nicht.«
»Vielleicht weckt mein Besuch noch andere Erinnerungen in Ihnen?« sagte der Fremde und drückte den Rest seiner Zigarette am Kamin aus, »dann war es wenigstens kein verlorenen Sonntag für Sie – und für mich auch nicht.«
Er schien noch etwas dazusetzen zu wollen, unterließ es aber dann.

4.

Wie es doch manchmal sonderbar in uns zugeht. Jahrelang hatte ich nicht mehr an diesen Baum gedacht, der jetzt 24 Jahre alt sein mußte, auch für einen Nußbaum genügend Zeit, um Schatten zu spenden, er war mir völlig aus dem Gedächtnis geschwunden, genau wie der Tag, da ich ihn gepflanzt hatte. Es war kurz nach Ostern gewesen, ein halbes Jahr nach meinem Einzug in diesem Haus. Ich erinnere mich wieder, als ob es erst gestern gewesen wäre. Ich war ins Haus getreten, Frau Altmann, eine liebenswürdige Dame mit schon grauem Haar, hatte mich empfangen, wir waren uns schnell einig geworden. Sie zeigte mir das Zimmer, das sie für mich frei hatte. Ich war beglückt und gleich zu Hause, als ich dort eintrat. Ein großes Fenster führte zum Garten hinaus, fast zum Greifen nahe die dicken Arme der großen Kastanie, zweimal erlebte ich, wie sie ihre rotweißen Kerzen aufsetzte, daneben ein Lindenbaum, der im Juli mein Zimmer mit seinem süßen Duft erfüllte. Ein großer Schreibtisch stand neben dem Fenster und, als sei das Zimmer schon auf mein Kommen vorbereitet worden, standen in einer Vase Blattzweige eines bunten Ahorn. Ein

Bild hing über dem Schreibtisch, eine Photographie in einem einfachen Rahmen, eine Aufnahme von Gerti aus den jüngsten Tagen. »Entschuldigen Sie bitte!« sagte Frau Altmann und nahm das Bild von der Wand, »ich weiß nicht, wer es hierherein gehängt hat ... bis heute früh hing hier ein Abreißkalender.« Am Abend, als ich meine Sachen brachte, die ich am Bahnhof gelassen hatte, hing über meinem Schreibtisch ein Kalender. »Gute Tage bei uns!« hatte jemand auf das erste Blatt geschrieben. Ich nahm sofort meinen Füller und schrieb darunter: »Danke! An mir soll es nicht liegen.« Am nächsten Tag war das Blatt verschwunden, und ich hörte nie wieder etwas von seinem Schicksal. Ich gewöhnte mich rasch ein, ein großes Arbeitspensum lag vor mir, so daß es mich manchmal störte, wenn aus dem Nebenzimmer, das mit einer Tür verbunden neben dem meinen lag, ein fröhliches Trällern kam, der immer und fast ohne Unterbrechung wiederholte Refrain eines Tanzliedes, das gerade in diesen Tagen in Mode war. Es wurde abwechselnd geträllert, gepfiffen, gesungen und gesummt. Zu einer anderen Stunde oder in einem anderen Haus hätte ich wahrscheinlich ärgerlich gegen die Tür geklopft, hier aber, vom Zauber des Zusammenlebens schon eingefan-

gen, begann ich nur laut zu memorieren und siehe, ich hatte Glück, der Gesang im Nebenzimmer verstummte.
Ich weiß nicht, wem ich am meisten in dieser Familie zugetan war. Dem Vater, den ich nur selten zum Abendessen sah, er saß meist wortlos und zog sich schnell in sein Zimmer zurück, oder der Mutter, einer Dame von liebenswerter Beredsamkeit, nicht ohne eine gewisse Resolutheit, wie sie die Wiener Frauen gern bekommen, wenn sie die Vierzig überschritten haben. Sie hatte es nicht leicht, uns alle im Zaum zu halten, daß die Ordnung des Hauses gewahrt blieb. Und sie blieb gewahrt. Auch ich unterwarf mich ihr. Es war, als wenn meine Mutter noch leben würde, und Hans mit seinen achtzehn Jahren mein jüngerer Bruder wäre. Allerdings kann ich nicht sagen, daß ich zu Gerti rein schwesterliche Gefühle empfand, dazu war sie trotz ihrer fünfzehn Jahre zu erwachsen, fast ein wenig üppig, wenn man in ihrem Alter schon von Üppigkeit reden kann. Sie trug stets einen kurzen Rock, der kaum ihre Knie bedeckte, und wenn wir uns im Garten im Spiel balgten, war sie die Eifrigste. Immer wieder sprang sie mich an, warf mich ins Gras, lag auf mir und zupfte mich an den Haaren, riß mich am Ohr, biß mich unversehens in die

Hand und schlug mit ihren kleinen Fäusten auf mich ein, während die anderen uns lachend umstanden und ich ihr gegenüber den Schwächeren spielte. Ich hatte mir angewöhnt, mich mit gespreizten Beinen flach auf den Bauch zu legen und die ganze Horde bemühte sich unter Lachen und Schreien, mich auf den Rücken umzudrehen. Als Siegespreis war eine Karussellfahrt ausgesetzt, unten beim alten Werkelmann, der am Eingang des Kaasgrabens ein vorsintflutliches Karussell mit Pferden, Königskutschen und sogar einem Elefanten drehte, so oft jemand kam und für zwei Kreuzer eine Tour verlangte. Für noch nicht den Wert eines halben Brotlaibes durften wir uns alle hinaufsetzen. Er schwang uns mit seiner rechten Hand in immer tollere Fahrt, während er mit der Linken den alten Leierkasten drehte, der nur eine Walze hatte, der bereits einige Töne fehlten: »Wien, Wien, nur du allein ...«

»Wie lange werden Sie bei uns bleiben?« hatte mich Frau Altmann am Tage meines Einzugs gefragt.

»Drei, vier Semester vielleicht«, hatte ich geantwortet, »wenn Sie mich so lange behalten wollen?«

»Wenn Sie jeden Ersten Ihre Miete pünktlich auf den Tisch des Hauses ...«

»Daran soll es nicht fehlen, gnädige Frau.«
»Und noch eines – Sie werden schon gemerkt haben, Sie haben es bei mir nicht so ungeniert wie anderswo. Wir sind eine alte Wiener Familie, es ist das erste Mal, daß ich vermiete. Wir hatten Pech, mein Mann war Direktor einer Privatbank, es würde zu weit führen ... wie gesagt, wir hatten Pech. Das Haus ist uns erhalten geblieben. Es ist das einzige, was wir gerettet haben. Das Haus und unsere Freunde ringsum, mit denen unsere Kinder in die Schule gehen.«
Wir vereinbarten einen Preis, der angemessen war.
»Wenn Sie es wünschen, wäscht unsere Köchin Ihre Wäsche im Haus mit«, sagte Frau Altmann, »Sie stehen sich günstiger dabei, als wenn Sie Ihre Hemden in eine Wäscherei geben.«
»Ich wäre Ihnen sehr dankbar dafür.«
Sie zögerte eine Weile, dann sagte sie:
»Sie werden heute abend meinen Mann sehen. Fragen Sie ihn bitte wenig. Am besten, Sie tun, als wäre er nicht am Tisch. Er hat das Unglück noch nicht überwunden und war lange Zeit sehr krank. Seit dieser Zeit geht er jeden Morgen früh aus dem Haus und besucht seine alten Kunden, die durch seine Krida ihr Vermögen eingebüßt haben. Er versucht sie zu überzeu-

gen, daß er nicht die Schuld trägt und daß er sich nicht bereichert habe. Manche lassen ihn vor, andere wieder nicht ... es ist kein einfaches Leben, was ich mit ihm habe. Ich habe einen Mittagstisch für Schüler aus der Umgebung eingerichtet, wir essen auf diese Weise wenigstens umsonst.«
Ja, so war es damals gewesen. Zwei Jahre blieb ich in diesem Haus auf dem Kaasgraben in Wien, bis ich nach Beendigung meines Studiums nach Hause zurückfuhr.

5.

Ein Holzscheit rollte aus dem Kamin, und ich legte es mit der Feuerzange schnell zurück.

»Und Sie sind nun der Glückliche, der diese kleine Gerti geheiratet hat?« sagte ich zu meinem Besucher. »Ist sie noch immer so hübsch? Sie versprach, einmal eine Schönheit zu werden.«

»Sie hielt das Verspechen.«

»Meinen Glückwunsch!«

»Danke.«

»Haben Sie Kinder?«

»Nein«, sagte mein Besucher, »als ich meine Frau heiratete, war sie Schauspielerin und –«

»Richtig! Das wollte sie immer werden! Sie hatte auch Talent. Hat sie etwas erreicht?«

»Linz im Winter – Karlsbad im Sommer – dann in einem kleinen Theater auf der Praterstraße – dort spielte sie auch noch in den ersten Jahren unserer Ehe.«

»Und Sie? Leben Sie auch von der Kunst?«

Er lachte:

»Ist es nicht immer eine Kunst, das nötige Kleingeld heranzuschaffen?«

In diesem Augenblick läutete das Telefon.

»Entschuldigen Sie bitte!« sagte ich.

Ich hob den Hörer ab.
»Ja?«
Es war meine Frau, die mich anrief.
»Ist es dir recht, Martin, wenn wir heute nicht daheim essen? Ich habe Dr. Knauer und seine Frau zufällig in der Kirche getroffen. Sie möchten dich gern sehen. Sie haben irgend etwas zu feiern, sagen sie. Sie verraten nicht, was es ist. Es soll eine Überraschung werden. Ich vermute, er ist zum Regierungspräsidenten ernannt worden. Wir könnten im Goldenen Fisch essen gehen. Bestellst du uns einen Tisch? Für sechs Personen?«
»Sechs? Wieso nicht sieben?«
»Yvonne kommt nicht mit. Sie ist bei einer ihrer Freundinnen zum Mittagessen eingeladen. Ist sie noch nicht daheim? Sie muß jede Minute kommen. Sie soll unbedingt ihren Mantel anziehen. Sie mag ihn nicht, ich weiß, sprich ein Machtwort. Und sie soll spätestens um sechs Uhr wieder daheim sein. Ist sonst alles daheim in Ordnung?«
»Bestens«, sage ich, »den Tisch werde ich bestellen.«
Ich legte auf, entschuldigte mich mit einer Geste bei meinem Besucher, wählte die Nummer des Weinrestaurants und bat, einen Tisch für sechs Personen heute mittag zu reservieren.

»Die üblichen Ehemannspflichten«, sagte ich, als ich zum Kamin zurückkehrte, »es wird Ihnen nicht anders ergehen als mir.«

»Ich bin viel auf Reisen.«

»Beruflich?«

»Wie man es nimmt. Ein wenig Vergnügen ist immer dabei.«

»Nehmen Sie einen Aperitif?«

»Gern.«

Ich holte die Ginflasche und den bitteren Napoleonwermut, stellte zwei Gläser auf den Tisch und schenkte ein.

»Auf die gute Idee, mich zu besuchen und mir Grüße aus Wien gebracht zu haben«, sagte ich und hob mein Glas.

Er tat mir Bescheid.

»Auf Ihre Erinnerungen!« sagte er.

Er trank das Glas in einem Zug leer und stellte es auf den Tisch zurück.

Er musterte mich.

»Wie alt waren Sie eigentlich damals?«

»Vierundzwanzig. Fünfundzwanzig.«

»Schon ein Erwachsener!«

»In den Augen der Kinder schon. Ich kam mir dabei selbst noch gar nicht erwachsen vor. Als Student, Sie verstehen, sozusagen noch auf der Schulbank, da lebt man noch in den Tag hinein.«

»Ohne Verantwortung?«
»So ist es.«
»Ja. Man fühlt wohl unter diesen Umständen noch keine Verantwortung für das, was man tut. Wenn auch -«
Er brach ab.
Ich sah ihn fragend an.
»Sie haben den Satz nicht beendet?« fragte ich, da er schwieg.
»Ich dachte über die Verantwortung der Vierundzwanzigjährigen nach. Als ich so alt war wie Sie, hatte ich einen großen Verdruß. Aber das dürfte Sie nicht sonderlich interessieren?«
»Bitte, erzählen Sie!«
»Ich mußte mir damals schon mein Geld selbst verdienen. Ich war bei einer Bank angestellt, ein gutes Gehalt, ein aussichtsreicher Posten. Ich saß am Schalter. Eines Tages hatte ich einem Kunden irrtümlich eine zu hohe Quittung ausgeschrieben. Genauer: er hatte weniger eingezahlt, als ich ihm bestätigt hatte. Ich hatte es nicht bemerkt. Hinterher war nichts mehr zu reklamieren. Der Kunde schwor, den vollen Betrag bezahlt zu haben, der auf meiner Quittung stand.«
»Und?«
»Ich trug die Verantwortung. Man entließ mich nicht aus ihr. Der Betrag wurde mir vom Gehalt

abgezogen. Es waren genau tausend Kronen, drei Monatsgehälter. Ich zog es vor, am nächsten Tag nicht mehr in der Bank zu erscheinen, denn warum sollte ich drei Monate umsonst arbeiten? Ich ging ins Ausland und fand einen anderen Posten und später wieder einen anderen, das ist alles nicht wichtig ... nur weil wir von der Verantwortung sprechen, die Sie damals nicht empfanden. Dabei waren Sie fünfundzwanzig, also ein Erwachsener? Verzeihen Sie, ich meine dies keineswegs aggressiv. So wie Sie denken viele. Und es geht ja auch meist gut.«
Ich füllte die Gläser zum zweiten Mal. Ich war ein wenig verstimmt. Ich wußte nicht, weshalb. Vielleicht war es, weil ich es nicht liebe, wenn man einer Redensart – denn etwas anderes war es ja nicht, mein Satz von der Verantwortung, ich hätte genauso gut jedes andere Wort dafür setzen können – mehr Gewicht beilegt, als sie es verdient.
Mein Besucher schien es zu bemerken und lenkte sofort ein.
»Kennen Sie Nizza? Es ist eine Stadt non plus ultra. Sie hat nur eine unangenehme Nachbarschaft: das Casino von Monte Carlo. Kaum regnet es ein wenig, büßt das Strandleben seinen Reiz ein, man sitzt bei Emanuel, plaudert, und ehe man es sich versieht, ist eine kleine Ge-

sellschaft beieinander, die nach Monte hinüberfährt, um sich im Casino den regnerischen Nachmittag zu vertreiben. Mit kleinen Einsätzen, wie man sich vornimmt. Wenn man in der Nacht zurückkommt, ist man meist verärgert. Man muß ein paar Tage von seinem Urlaub abstreichen. Eines Tages mußte ich sogar aus meinem Hotel ausziehen und mir eine billige Bleibe suchen, die Kugel war gegen mich gelaufen. Ein billiges Einzelzimmer in Nizza. Ich bekam es. Ein Zimmer ohne Fenster. Eine bessere Besenkammer. Unten vor dem erbärmlichen Hotel ohne Putz und Fassade stand mein Wagen. Daß er dort stehen blieb, war der Mietpreis, denn woher sollte ich selbst dieses Zimmer bezahlen? Naja, alles auf der Welt geht vorüber, ich machte ein wenig den Fremdenführer für ältere Engländerinnen, auch sie wollten spielen, setzten für mich ein paar Francs mit ... es geht im Leben immer irgendwie weiter. Ich fuhr in die Schweiz zurück, wo ich ein kleines Guthaben zu kassieren hatte, und jetzt bin ich bei Ihnen.«
Ich zögerte. Aber dann sagte ich es doch, ich kam nicht aus:
»Sie befinden sich in einer momentanen Geldverlegenheit?«
Er lachte so herzlich, daß ich mich meines Verdachtes schämte.

»Wo denken Sie hin!« sagte er, »ich bin immer noch in der Lage, wenn Sie wollen, mich an Ihrer Fabrik namhaft zu beteiligen.«

»Entschuldigen Sie bitte! Ich hätte Ihnen selbstverständlich gern zur Verfügung gestanden.«

»Sie sind sehr liebenswürdig.«

»Sie hätten mich ja nicht geplündert!«

»Sagen Sie das nicht! Wenn ein Mann wie ich einmal in wirkliche Geldverlegenheit kommt, dann sind es schon große Summen, die er braucht, um sich wieder freizuschwimmen.«

Wir lachten beide, wie über einen guten Scherz.

»Sehr gut!« rief ich.

Er sagte nichts.

Es gibt kleine Pausen, die plötzlich entstehen. Keiner weiß, warum. Man ist doch sonst nicht ungeschickt.

»Bleiben Sie länger in unserer Stadt?« fragte ich, um etwas zu fragen.

»Nur bis morgen. Ich hoffe es wenigstens. Ich nehme an, daß ich bis dahin meine Angelegenheiten hier geordnet habe.«

Ich sah ihn durchdringend an.

»Sie sind in Geschäften hier?«

»Man kann es so nennen.«

»Ihre Frau wird sich freuen, Sie nach so langer Zeit wiederzusehen.«

»Doch. Bestimmt. Sie freut sich gern. Vor allem, wenn ich ihr erzähle, daß ich Erfolg hatte.«
Ich lachte:
»Nun, Ihr Verlust in Nizza –«
»Kleine Fische!« sagte er.

6.

In dieser Minute hörte ich die Tür schließen. Yvonne, meine Tochter, stürmte herein.

»Papa!« rief sie.

Sie verstummte, als sie den Fremden sah, der sich erhoben hatte.

»Meine Tochter«, sagte ich.

»Eine junge Dame«, sagte er und gab ihr die Hand.

»Gehört Ihnen der schöne Wagen da draußen?« fragte Yvonne.

»Gefällt er Ihnen? Er gehört Ihnen, wenn Sie mögen?«

»Papa! Was sagst du?«

»Er ist ein Wiener«, sagte ich, »du darfst bei ihm nicht alles wörtlich nehmen.«

Und zu ihm gewandt:

»Meine Tochter ist erst fünfzehn – sie nimmt sie beim Wort.«

»Es wäre mir ein Vergnügen, wenn Sie es täte.«

Er lachte sie an, als er sie fragte:

»Wollen wir heute nachmittag einen kleinen Ausflug machen? Sie dürfen selbst am Steuer sitzen, wenn Papa es erlaubt.«

»Der Papa denkt gar nicht daran, es zu erlauben«, warf ich schnell ein, ich sagte es mit heite-

rer Stimme, er sollte nicht merken, daß ich mich über seine Art ärgerte, wie er zu dem Kind sprach, »außerdem hat dich doch, soviel ich weiß, deine Freundin Dagmar eingeladen, Yvonne?«
»Ach, da kann ich abtelefonieren.«
»Wir wollen den Papa nicht erzürnen, mein schönes Fräulein«, sagte der Fremde, nahm ihre Hand und küßte sie, als ob sie eine große Dame wäre.
»Das ist mein erster Handkuß, Papa!« rief Yvonne.
Sie war völlig auseinander. So kannte ich meine Tochter gar nicht.
»Sie nehmen dem Kind seine Unbefangenheit«, sagte ich, »Sie dürfen nicht vergessen, daß Yvonne in einem sehr bürgerlichen Milieu aufwächst.«
Er verbeugte sich zu mir wie eine Entschuldigung.
»Ich wollte Sie nicht verärgern«, sagte er, »aber wenn man Ihre Tochter sieht, so groß und erwachsen, warum sollte sie nicht einen Wagen chauffieren können?«
»Doch, Papa, ich kann es. Sag ihm bitte, daß ich deinen Wagen immer in die Garage fahre und auch rückwärts heraus.«
»Aber du hast keinen Führerschein, Kind! Und

ohne Führerschein fährt man nicht auf der Straße.«

Ich sah ostentativ auf die Uhr.

»Außerdem ist es fast zwölf Uhr. Wenn du zum Essen eingeladen bist, mußt du dich beeilen.«

»Ich ziehe mich nur ganz schnell um.«

»Mama hat angerufen, du sollst den Mantel mitnehmen.«

»Aber Papa! Der Mantel paßt gar nicht zum Kleid.«

»Dann zieh ein Kleid an, das zum Mantel paßt!« sagte ich und wendete mich wieder meinem Besucher zu, während Yvonne langsam, Schritt für Schritt, aus dem Zimmer ging. »Das ist wirklich das schlimmste Alter! Die Fratzen glauben, Gott wie erwachsen zu sein –«

»Ist sie es nicht?«

»Nein. Sie sind noch große Kinder mit ihren fünfzehn Jahren.«

»Manche Mädchen werden früher reif.«

»Unsinn!« sagte ich unüberlegt und entschuldigte mich sofort für meine Heftigkeit, »Sie haben eben keine Kinder, sonst wüßten Sie, daß sie in diesen kritischen Jahren noch völlig unfertig und ungeformt sind. Es ist sehr schwer für einen Vater, die Kinder so zu erziehen, daß sie ganz allmählich in das Erwachsensein hineinwachsen.«

»Sie mögen recht haben. Nur –«
»Nur?«
»In einzelnen Fällen gibt es Ausnahmen.«
»Es gibt keine Ausnahmen. Ein Mädchen von fünfzehn Jahren ist ein Kind.«
»Punktum!«
»Ja. Punktum.«
Mein Besucher rieb sich vergnügt sein Kinn und deutete auf das leere Glas.
»Wie wäre es mit einem Abschiedstrunk?« fragte er, »es ist spät geworden – ich muß allmählich aufbrechen.«
Es gibt Augenblicke, in denen man hellsichtig ist. Oder hellhörig, wie man es nennen will. In diesem Fall soll man nicht herumreden.
»Ich nehme nicht an, daß Sie die Absicht haben, meine Tochter zu ihrer Freundin zu fahren?«
»Wäre es unhöflich?«
»Es gibt Höflichkeiten, die keine sind.«
»Nun gut, ich gebe zu, die gute Absicht gehabt zu haben, der jungen Dame diesen kleinen Ritterdienst zu erweisen. Aber wenn Sie es nicht wünschen – Sie werden Ihre Gründe wissen. Rauchen wir also mit Ihrer gütigen Erlaubnis noch eine Abschiedszigarette, ehe ich mich auf den Weg mache. Vielleicht kredenzen Sie mir auch noch einen Abschiedsdrink, den ich gemütlich zu mir nehmen werde, bis die reizende

kleine Yvonne den schützenden Hafen bei ihrer Freundin erreicht hat.«
Ich schenkte ihm ein. In meinem Ärger schüttete ich zu viel Gin in das Glas, so daß es überlief. Sie kam ins Zimmer gelaufen und hatte ihr viel zu kurzes Tenniskleid an und trug den Mantel über dem Arm.
»Wollt ihr heute Tennis spielen?«
»Möglich, Papa. Ich weiß es noch nicht.«
Ich aber wußte, daß sie dieses Kleid, das ihr besonders reizend stand, nur aus purer Koketterie angezogen hatte. Aber was will man machen als Vater? Ich konnte sie doch jetzt nicht zur Rede stellen.
Der Fremde hatte sich bei Yvonnes Eintritt erhoben.
»Sie sehen Diana ähnlich, mein Fräulein«, sagte er.
»Diana? Wer ist das? Ihre Freundin?«
»Eine Göttin. Eine griechische Göttin.«
»Danke.«
Sie sagte es liebenswürdig und machte einen kleinen Knix dazu.
Sehe sich einer diesen Fratzen an! Wo die Kinder das nur herhaben? Sie sehen bei uns doch nicht diese Albernheiten.
»Darf ich Ihnen etwas sagen, ohne sofort bei Ihnen in Ungnade zu fallen?« sagte der Fremde

zu meiner Tochter, »Sie verwenden den Lippenstift nicht ganz geschickt.«
»Meine Tochter verwendet überhaupt keinen Lippenstift!« rief ich empört.
»Doch, Papa. Lange schon. Du hast es nur noch nie bemerkt.«
»Wo hast du ihn her?«
»Gekauft. Von meinem Taschengeld. Kußecht.«
Der Fremde stand jetzt vor meiner Tochter und hatte ein weißes Battisttuch aus seiner Rocktasche gezogen.
»Darf ich?« sagte er, »nur eine kleine Korrektur.«
Er tupfte leicht mit dem Tuch die Ränder der Lippen ab.
»Sie müssen sich ein wenig mehr Zeit zum Schminken nehmen, mein wohlbehütetes Fräulein«, sagte er, als er fertig war und sie zum Spiegel führte, »sehen Sie selbst, jetzt sind Sie dreimal so hübsch wie vorher.«
»Und Ihr schönes Taschentuch? Es ist voll von Rouge! Sie können es jetzt wegwerfen?«
»Nein. Der Herr behält es als Erinnerung an ein Gänseblümchen, das jetzt endlich verschwinden wird!« rief ich ärgerlich.
Ich war aufgesprungen, faßte meine Tochter am Arm und führte sie zur Tür.

»Au, Papa! Du tust mir weh!«
»Um sechs Uhr bist du wieder daheim.«
»Vielleicht gehen wir in ein Kino. Ins Palace.«
»Um sechs bist du daheim.«
»Das Palace ist erst nach sechs aus.«
Ich schob sie durch die Tür.
»Dann gehst du eben vor dem Ende sofort nach Hause.«
»Das wäre doch schade um das Geld, Papa!«
»Kino ist immer schade um das Geld! Schluß jetzt! Verschwinde!«
»Tschüß, Papa!«
Sie gab mir einen Kuß.
Ich schloß die Tür hinter ihr und atmete laut auf.
Erleichtert kehrte ich zu meinem Gast zurück.
»Da haben Sie es nun selbst erlebt, daß es noch Kinder sind«, sagte ich und deutete ihm an, wieder Platz zu nehmen, «das Äußere täuscht manchmal.«
Der Fremde nickte:
»Ehrlich gesagt – ich teile Ihre Meinung.«
»Und warum handeln Sie dann anders und setzen einem so jungen Ding Flausen in den Kopf?«
»Das ist mein Wiener Naturell! Verzeihen Sie mir gütigst, ich kann einfach nicht aus meiner Haut – ich fürchte, ich mache noch des Teufels

Großmutter Komplimente, wenn ich ihr einmal in der Hölle begegne – es ist ein Laster von mir.«
Er sah vor sich hin und betrachtete amüsiert seine Hände.
Ich ging auf seinen Ton nicht ein.
»Des Teufels Großmutter wird Sie nicht ernst nehmen – aber so ein junges Ding nimmt es ernst.«
»Glauben Sie?«
»Ich bin überzeugt davon.«
»Schrecklich. Ich weiß nämlich mit jungen Mädchen gar nichts anzufangen. Wenn sie nicht mindestens dreißig sind – da beginnt doch erst eine Frau eine Frau zu sein – sie sehen reizend aus, sie erröten, wenn man ihnen nette Dinge sagt, sie schwärmen für uns, nun gut, aber das ist auch alles – vielleicht beten sie am Sonntag in der Kirche zum lieben Gott für uns – aber verlieben, verlieben kann man sich doch nur in eine erwachsene Frau.«
Ich war nicht ganz seiner Meinung.
»Darüber läßt sich streiten«, sagte ich.
»Sie finden Gefallen an jungen Mädchen?«
»Heute natürlich längst nicht mehr«, sagte ich mit Überzeugung, »über die Jahre bin ich längst hinaus. Aber damals, als ich selbst noch jung war und dumm natürlich dazu, da mußte

ein Mädchen natürlich jünger sein als ich oder wenigstens gleich alt ... das haben wir ja alle einmal mitgemacht, das ist das Natürlichste von der Welt.«

»Verständlich.«

»Sehen Sie!«

Er fragte und schien die Frage weither zu holen: »Als Sie beispielsweise sechsundzwanzig waren, wie alt mußte da ein Mädchen sein, um Ihnen zu gefallen?«

»Einundzwanzig, zweiundzwanzig. Auch zwanzig, wenn Sie wollen.«

Die hohe englische Standuhr in der Bibliothek nebenan schlug zwölf. Ich erhob mich. Da läutete es an der Tür.

7.

Es war Jonny, achtzehn Jahre, der Freund meines Sohnes Eduard, den ich hereinließ. Er trug einen dunklen Anzug, zum ersten Mal sah ich ihn ohne Schülermütze. Er hatte eine unangenehme Familienaffaire hinter sich. Sein Vater, Besitzer einer Apotheke, genau: jener Apotheke, die einmal meinem Schwiegervater gehört hatte, war vor einem halben Jahr wegen Verabreichung von Rauschgiften ohne Rezept vor Gericht gestanden. Der Vorfall lag fünf Jahre zurück, aber es hatte sich um beträchtliche Mengen und zu einem überhöhten Preis gehandelt, so daß eine Gutgläubigkeit des Apothekers nicht nachzuweisen war. Die Affaire hatte in unserer Stadt großen Staub aufgewirbelt, in größeren Städten hätte sie sich wahrscheinlich mehr am Rande abgespielt, hier aber, wo man enger zusammenlebte und außerdem eine langjährige Feindschaft zwischen dem Apotheker und dem Verleger unserer Zeitung bestand, waren alle Details in die Öffentlichkeit gedrungen und wurden lebhaft debattiert. Als Jonnys Vater zu drei Jahren Gefängnis ohne Bewährungsfrist und unter Aberkennung seiner Apothekerlizenz verurteilt worden war, hatte es so-

gar in der Schule auf Messers Schneide gestanden, ob man dem Jungen des straffällig gewordenen Apothekers die Abschlußprüfung gestatten sollte oder ihn vorzeitig relegieren.
»Nanu, Jonny?« sagte ich zu ihm, als ich ihn hereinließ, »so feierlich?«
»Ich komme, um mich von Ihnen zu verabschieden, Herr Landgreve.«
»Du fährst weg? Für länger?«
»Für immer«, sagte er.
Noch stand die Tür offen, da fuhr unser Wagen vor dem Haus vor, und Eduard, mein Ältester, hielt mit quietschenden Bremsen unmittelbar hinter dem fremden Wagen – die heutige Generation fährt, daß es ein Grauen ist, wie oft hatte ich dem Jungen schon gesagt, daß er den Wagen langsam ausfahren lassen sollte, ehe er bremste – Eduard sprang heraus und rief:
»Ich komme, um dich abzuholen, Vater!«
Und zu seinem ehemaligen Klassenkameraden:
»Schönen Sonntag, Jonny!«
»Tag, Eduard! Ich komme, mich von euch zu verabschieden.«
Ich führte die beiden Jungen herein.
»Meine Herren Söhne!« sagte ich zu meinem Besucher aus Wien, »das heißt, nur der eine, der andere ist sein Freund –«
»Guten Tag, meine Herren!«

»Herr Felix Auernheimer aus Wien«, stellte ich vor.
Sie reichten sich die Hand, die Jungen sehr zurückhaltend, mein Sohn besonders, der den Fremden mißtrauisch musterte.
»Die anderen sind schon vorausgefahren, Papa«, sagte er zu mir, »ich soll dich abholen.«
Ich nickte:
»Du siehst, ich habe im Augenblick noch Besuch – was ist mit Ihnen, Jonny? Ich höre, Sie wollen sich verabschieden?«
»Ich fahre übermorgen nach Kanada.«
»Kompliment! Freuen Sie sich darauf?«
»Nein, ehrlich gestanden, nicht sehr. Ich hätte lieber hier mein Studium begonnen. Aber wie die Dinge bei uns liegen – Mama zieht zu ihrer Schwester nach Hamburg und mir bleibt nicht viel anderes übrig, als zu einem Kaufmann in die Lehre zu gehen oder auszuwandern. Meine Immatrikulation an der hiesigen Universität ist zurückgewiesen worden. Außerdem löst Mama den Haushalt auf.
»Es wird auch für Ihre Frau Mutter nicht leicht sein«, sagte ich, »sie büßt ihren Mann und ihren Sohn zugleich ein.«
Jonny griff nach einer Zigarette.
Er hatte früher nie geraucht.
»Mama ist selbst schuld daran«, stieß er hervor,

»sie wußte davon und hat Vater nicht abgehalten.«
»Das sind doch Hirngespinste!«
»Nein. Sie hat es vor Gericht als Zeugin selbst gestanden.«
»Aber die ganze Affaire liegt doch fünf Jahre zurück. Ihr Kinder könnt euch doch nicht als Richter über eure Eltern aufspielen!« sagte ich heftig.
Mein Sohn, der am Fenster stand und den fremden Wagen betrachtete, schwang sich herum.
»Warum nicht, Vater? Trägt Jonny nicht die Folgen? Er war einer der Besten unserer Klasse, wollte Chemiker werden, jetzt darf er irgendwo Autos waschen oder Teller spülen – er ist diffamiert, ohne daß er Schuld trägt ...«
»Aber er ist doch immerhin sein Vater!«
»Wer sich außerhalb der Gesetze stellt, verwirkt auch die Achtung seiner Kinder«, sagte mein Sohn, »auch ich könnte meinen Vater, zu dem ich bisher aufgeschaut habe, nicht mehr lieben, wenn er –«
»Das sind ja reizende Aussichten, mein Junge!«
Er kam sofort zu mir herüber und legte seine Hand auf meine Schulter.
»Aber, Papa! Du bist doch ganz anders. Dir kann doch so etwas nicht passieren. Du hast

mich ja so erzogen, daß ich so denke. Unantastbarkeit vor allem, das war dein Wahlspruch. Die fleckenlose weiße Weste, das ist dein Lieblingswort. Und es stimmt. Ich habe ja schon in der Schule gesehen, wie es ist, wenn einer Dreck am Stecken hat. Jonny bleibt gar nichts anderes übrig, als hier wegzugehen und irgendwo neu anzufangen, wo man von der üblen Geschichte nichts weiß.«

»Aber das kann doch nicht die Liebe zu seinen Eltern auslöschen!« rief ich.

»Ich will meinen Vater nie wiedersehen«, sagte Jonny verstockt.

Ich faßte ihn an den Schultern und beutelte ihn.

»Er ist doch trotzdem dein Vater! Denk doch daran, was er alles für dich getan hat! Denk an eure gemeinsamen Ferien, an die Reisen, auf die er dich mitnahm. Ich weiß doch, wie dein Vater an dir hängt. Sein Junge, das war sein ganzes Leben. Du hattest keinen besseren Freund.«

Er sagte leise:

»Ich habe meinen Vater vor Gericht gesehen.«

»Und?«

»Ich werde dieses Bild nie vergessen. Er sah so schandbar erbärmlich aus. Seitdem ist alles in mir wie ausgelöscht.«

»Die Verhandlung hat doch ergeben, daß sich dein Vater in einer Notlage befand?«

Mein Sohn antwortete für Jonny:
»Das ist doch gar nicht deine Meinung, Vater. Es gibt keine Entschuldigung, wenn einer ein Verbrechen begeht. Das hast du doch bisher immer behauptet. Und jetzt quäle Jonny nicht länger. Er handelt völlig richtig, wie ich und jeder andere Junge handeln würde, auch handeln würde, wenn er nur einen Funken Ehre im Leib hat.«
Mein Besucher aus Wien, der sich taktvoll, um nicht Zeuge unseres Gespräches zu werden, in eine auf dem Tisch liegende Zeitschrift vertieft hatte, meine Fachzeitung über medizinische Instrumente, die ich vor einer Stunde mit heruntergebracht hatte, ließ die Zeitung sinken und sagte:
»Ihr Sohn befindet sich noch in jenen Jahren der Gnadenlosigkeit, wo die Gerechtigkeit das Verstehen und Verzeihen beherrscht. Glauben Sie mir, junger Herr, kein Mensch durchschreitet sein Leben, ohne nicht eine Schuld auf sich geladen zu haben, für die er, würde sie entdeckt, genauso erbärmlich vor dem Richtertisch stehen würde wie der Vater Ihres unglücklichen Freundes.«
Mein Sohn antwortete feindselig:
»Sie kommen aus Wien?«
»Ja. Warum?«

»Ich fragte mit Absicht. In der Frage liegt die Antwort.«
»Hätten Sie die Güte, es mir verständlicher zu sagen?«
»Nun ja, warum nicht? Ihre Ansichten, die Sie uns soeben als feststehende Tatsachen dozierten, sind vielleicht in Wien gang und gäbe, eine Folge der Lehre Ihres Professors Freud – wir denken hier anders.«
»*Heute* denken Sie anders, junger Freund. Ob Sie auch morgen noch genauso denken?«
»Ich glaube an das Gesetz und die Gerechtigkeit.«
Der Fremde nickte:
»Das tun wir alle. Aber Sie glauben noch dazu an die Makellosigkeit eines Menschen, nur weil er noch nie vor Gericht gestanden hat. Sie sprachen vorhin von der berühmten weißen Weste. Nun, Westen kann man waschen lassen, und nicht jeder Schmutz, der auf den Rock kommt, fällt auch auf die Weste. Die meisten Dinge kommen nicht ans Tageslicht. Aber sie sind da, sind nicht ausgelöscht, glimmen unterirdisch weiter, bis der Zufall eines Tages die Flamme anfacht, die die Tat beleuchtet und den Täter verbrennt. Lassen Sie dann Gnade walten, und haben Sie ein Verzeihen und ein Verstehen in Ihrem Herzen.«

Mein Sohn widersprach empört:
»Es gibt Menschen, auf die Ihre schmutzigen Verdächtigungen nicht zutreffen. Vater beispielsweise.«
»In diesem Falle mögen Sie recht haben. Ich wünsche es Ihnen wenigstens.«
»Ich *habe* recht. Vater ist untadelig.«
»Ich beglückwünsche Sie!«
»Danke. Dazu brauche ich nicht Ihren Glückwunsch. Das ist eine Selbstverständlichkeit.«
»Sie selbst waren es, der Ihren Vater als Beispiel in unser Gespräch zog.«
Mein Sohn höhnte:
»Aha! Jetzt sind Sie mit Ihrem Latein zu Ende!«
»Ich bin erst bei Minerva et Diana sunt deae. Der zweite Satz, den man im Latein lernt.«
Ich unterbrach das Kampfgespräch. Ich freute mich über meinen Jungen, der so mannhaft für seine Überzeugung eintrat und das Gespräch keineswegs akademisch führte, sondern mit ira et studio, mit Eifer und Kraft. Trotzdem schien es mir an der Zeit, damit Schluß zu machen und meine Frau nicht länger warten zu lassen.
»Ich habe mich über Ihren Besuch sehr gefreut«, sagte ich zu dem Fremden, »leider bin ich aber jetzt verabredet – Sie wissen es ja –, ich möchte meine Frau und meine Freunde nicht gern länger warten lassen. Grüßen Sie bitte Ihre

Gattin ganz besonders herzlich von mir, wenn Sie nach Hause kommen, ich würde mich freuen, wenn Sie sie bei Ihrem nächsten Besuch mitbrächten.«

Der Fremde hatte sich erhoben.

Er nahm meine dargereichte Hand nicht.

»Darf ich noch fünf Minuten bleiben?« fragte er.

Ich sah ihn verständnislos an.

»Genau nur fünf Minuten«, fuhr er fort, »ich habe mit Ihnen noch etwas zu besprechen. Etwas Wichtiges. Unter vier Augen.«

In diesem Augenblick wußte ich, daß ich einen Feind vor mir hatte. Ich fühlte, wie mir der Boden unter den Füßen schwand. Da war es auch schon ganz klar, worum es ging. Daß ich nicht früher daran gedacht hatte! Alles stand jetzt vor meinen Augen, als ob es heute nacht geschehen wäre. »Aber gern«, sagte ich und versuchte, meiner Stimme einen Halt zu geben, was mir auch gelang, »Jonny, ich darf mich von Ihnen verabschieden und Ihnen alles Gute für Ihr Leben wünschen. Vielleicht kommen Sie doch eines Tages nach Europa zurück, Sie sind bei uns stets zu Hause. Eduard, bitte, fahr voraus, ich nehme mir dann ein Taxi. Sag Mama, daß ich noch ein paar Minuten verhindert bin – ich komme gleich nach.«

Mein Sohn ging, ohne sich von dem Fremden zu verabschieden, aus dem Zimmer. Er nahm Jonny beim Arm und sagte zu ihm:
»Komm! Ich fahre dich nach Hause.«

8.

Wir standen wieder allein im Raum.
»Wollen wir uns nicht setzen?« fragte der Fremde.
»Ich bin leider in meiner Zeit sehr beengt.«
»Es ist doch besser, wir setzen uns.«
Er ließ sich in einen Sessel fallen, und da mir die Knie ein wenig zu zittern begannen, setzte ich mich ihm gegenüber.
»Bitte, machen Sie es schnell«, sagte ich.
Er nahm wieder sein altes Lächeln auf.
»Ich bin überzeugt, wir werden uns rasch einig. Ich habe eigentlich nur eine Frage an Sie. Können Sie sich an den Tag erinnern, als Sie vor vierundzwanzig Jahren von Wien abfuhren und das Haus im Kaasgraben verließen?«
»Ja«, sagte ich, »es war ein Mittwochnachmittag. Ich weiß es deswegen so genau, da ich meine Abreise bewußt um einen Tag verschob, weil mich alle meine damaligen Freunde Koli, Poldi, Heinz und auch die Mädchen zur Bahn bringen wollten. Mittwochnachmittag war schulfrei.«
»So ist es.«
Er zog eine Brieftasche aus seinem Rock und entnahm ihr eine Photographie.

»Meine Frau an ihrem Geburtstag, als sie sechzehn Jahre alt wurde.«
Ich hielt das Photo in meiner Hand. Es war ein überraschendes Wiedersehen. Ja, genauso sah sie aus, meine kleine Freundin vor vierundzwanzig Jahren. Diese großen dunklen Augen, diese zarte feingeschnittene Nase, die langen Wimpern, ihr Mund mit den immer ein wenig feuchten Lippen und das Haar, das einen so starken Duft ausströmte, wenn wir uns balgten oder vor allem am Abend, wenn wir draußen im Garten nebeneinander auf der Bank saßen. Das Photo zeigte sie in einem duftigen, schulterfreien Sommerkleid, um ihre schmale Taille war ein breiter Gürtel gewunden, ein modisches Attribut, und der Rock war so übertrieben kurz, wie sie ihn immer gern getragen hatte. Ihre langen, schönen Jungmädchenbeine waren durch nichts verdeckt, sie lachte mir auf dem Bild entgegen, genauso wie damals, wenn wir uns jeden Mittag am Tisch gegenübersaßen. Ein Kind noch oder eben ein Mädchen im Erblühen. Sie hielt ein Rakett in ihrer rechten Hand und einen Satz Bälle. Das Photo war neu, als ob es erst gestern gemacht worden wäre.
»Ich habe für Sie einen neuen Abzug machen lassen«, sagte der Fremde, »er gehört Ihnen. Zur Erinnerung.«

»Sie machen mir damit eine große Freude.«
»Dazu bin ich hergekommen.«
Er schob seine Brieftasche wieder ein und fragte:
»Fällt Ihnen an dem Bild nichts auf?«
»Nein. Ich wüßte nicht.«
»Betrachten Sie es genau.«
Ich schüttelte den Kopf.
»Der Gürtel!« sagte der Fremde.
»Was ist mit ihm?«
»Sie wissen es nicht?«
»Nein.«
»Vielleicht hat meine Frau mich angeschwindelt, aber sie sagte, Sie hätten ihn ihr zum Geburtstag geschenkt.«
Jetzt fiel es mir wieder ein. Richtig, sie hatte sich damals den roten Wildledergürtel gewünscht. Wir hatten ihn zusammen in der Kärtnerstraße gesehen. In einem teuren Geschäft. Gerti war vor dem Schaufenster stehen geblieben.
»Schau, Martin!«
»Ich schaue. Aber wohin soll ich schauen?«
»Was würdest du einem Mädchen schenken, dem dein Herz gehört und das Geburtstag hat?«
»Das kommt darauf an, ob es kurz vor Ultimo oder kurz nach dem Ersten ist.«

»Es ist kurz nach dem Ersten.«
»Ein Automobil!« sagte ich übermütig.
»Nein, bitte, nimm es ernst. Hier in diesem Schaufenster ist etwas, was sich das junge Mädchen brennend heiß wünscht.«
Es gab viele Dinge hinter dieser Fensterscheibe, das sich ein junges Mädchen brennend heiß wünschen mochte. Modische Schirme, teure Handtaschen, bunte Spiegel, Tagebücher aus Saffian mit silbernem Monogramm, Photorahmen, lange Handschuhe, ein Morgenrock mit dazu passenden Pantoffeln, Fächer aus Schildpatt mit Rokokoszenen bemalt. Mir war nicht recht wohl in meiner Haut.
»Das junge Mädchen, von dem du sprichst, muß einen Millionär lieben, denn ein anderer kann hier nicht einkaufen«, sagte ich.
»Schenken bedeutet immer ein Opfer.«
»Ja freilich!« sagte ich, »komm – gehen wir lieber zu Dehmel, dort spendiert der junge Mann dem jungen Mädchen ein Erdbeereis und ein zweites noch dazu, zur Feier des Geburtstages.«
Wir gingen.
Als wir die Kärtnerstraße überquert hatten, sagte Gerti:
»Es war ein roter Gürtel.«
»Ich habe keinen Gürtel gesehen.«

»Er hing ganz rechts. Aus Wildleder. Links neben dem Schloß hatte er eine kleine süße Tasche.«

»Ich habe ihn nicht gesehen.«

»Es wäre auch sicher sehr teuer gewesen.«

»Bestimmt.«

Dann saßen wir bei Dehmel.

Gerti hatte sich die versprochene zweite Portion Eis gleich zur ersten mitbringen lassen. Eine Portion Erdbeereis und eine Portion Schokoladeneis. Sie aß abwechselnd von beiden.

»Nur gut, daß meine Lehrer nicht zu Dehmel kommen«, sagte sie, »wenn man uns so sitzen sähe!«

Wir saßen auf einer Bank in rotem Velour ganz dicht nebeneinander und sahen uns gegenüber im goldgerahmten großen Spiegel.

»Es ist uns verboten, mit einem jungen Mann in die Konditorei zu gehen. Da – magst du kosten?«

Sie hielt mir ihren Löffel, hoch gehäuft mit Erdbeereis, hin. Ich nahm den Löffel und sogleich ihre Hand, mit der sie mich fütterte.

»Das darfst du nicht tun, Martin.«

»Warum nicht?«

»Wenn uns jemand sieht.«

»Sag, hast du heute wirklich Geburtstag?«

»Nein. Natürlich nicht.«
»Bin ich darauf hereingefallen?«
»Da – magst du das Eis zurück?«
»Dann hast du dein Geschenk eben im voraus. Einmal hast du doch Geburtstag.«
»Nächsten Monat. Am Vierten.«
»Nächsten Monat bin ich nicht mehr in Wien.«
»Ich weiß es.«
Sie sagte es mit einer Stimme, die von weither kam. Unter dem Tisch suchte sie meine Hand. Wir blieben lange so.
Und dann kaufte ich ihr doch den Gürtel. Zwei Tage vor ihrem Geburtstag, am Morgen meiner Abreise, schenkte ich ihn ihr. Mein Vater hatte mir das Reisegeld geschickt, zweiter Klasse, es gab damals noch dritter und vierter Klasse auf der Eisenbahn, ich fuhr in der dritten und kaufte für den Rest des Geldes den Gürtel. Sie nahm ihn stumm entgegen. Ich fühlte, was sie sagen wollte. Aber wir konnten an diesem Morgen nicht reden, wenigstens nicht Dinge, die uns betrafen. Am Abend zuvor war es geschehen, was wir schon lange befürchtet hatten. Gertis Vater war in eine Anstalt eingeliefert worden.
Während der Monate, die ich in diesem Haus weilte, hatte sich sein Zustand verschlechtert. Tiefer und anhaltender wurden seine Depres-

sionen, er begann, sich in sein Zimmer einzuschließen, wir sahen ihn überhaupt nicht mehr. Nun, wir waren junge Menschen und hatten bald vergessen, daß ein Kranker im Haus war. Da wir ihn nicht zu Gesicht bekamen, hatten wir uns daran gewöhnt und nahmen keine Notiz davon. Jugend läßt sich nicht bändigen, und unser Lachen und fröhliches Toben drang ja nicht bis zu seinem Zimmer, das in einer entfernten Ecke des Hauses lag. Es ging also alles wie bisher, sein Tisch am Platz blieb nicht lange leer, der Mittagstisch hatte sich gerade zu dieser Zeit um zwei weitere Schüler vermehrt, Hourtalek hieß der eine, und der zweite nannte sich Forster, eigenartig, daß wir sie nie mit ihrem Vornamen ansprachen, aber es ergab sich einfach nicht.

Frau Altmann, die uns weiterhin betreute und dem Tisch vorsaß, war ein wenig stiller geworden, aber das war auch alles. Sie kämpfte tapfer um die Existenz ihrer Familie und ließ uns von ihren Sorgen nichts anmerken. Nur eines Abends, als wir zufällig einmal zu zweit waren, liefen ihr plötzlich, ohne daß sie es hindern konnte, die Tränen über die Wangen.

»Was soll nur aus ihm werden?« schluchzte sie, und es war ein hartes, gequältes Schluchzen, das ihren Körper erschütterte, »wir haben kein

Geld und, wenn es soweit ist, wird er in eine öffentliche Anstalt müssen. Der Arzt sagt, es kann jeden Tag bevorstehen, daß wir ihn nicht mehr im Haus behalten können. Wenn ich wenigstens so viel aufbrächte, daß er in eine private Klinik oder ein geschlossenes Sanatorium käme! Aber so – in eine Heilanstalt der Gemeinde Wien – wo die Kranken hinter einer Mauer hausen –«

»Besteht nicht die Hoffnung auf eine Besserung?«

»Doch. Sie besteht. Wenn man Geld hat. Es gibt Ärzte in Wien, die bei Kranken dieser Art wahre Wunder gewirkt haben. Aber – Vorsicht! Die Kinder! Lassen Sie sich nicht anmerken, was wir zusammen gesprochen haben. Sie erfahren es noch früh genug. Und verzeihen Sie, daß ich überhaupt gesprochen habe.«

»Nun«, sagte mein Besucher aus Wien und riß mich aus meinen Gedanken, »erkennen Sie jetzt auf dem Bild Ihr Geschenk wieder?«

»Ja«, antwortete ich, »aber eine andere Frage, die mir im Augenblick am Herzen liegt: was ist eigentlich aus Gertis Vater geworden? Sie erzählten, er wäre wieder daheim?«

Er antwortete:

»Er blieb drei Jahre in einer Anstalt. Übrigens in einer privaten Klinik, falls es Sie interessiert.

Es ist ein sehr merkwürdiger Vorfall: die Kunden seiner Bank haben zusammengesteuert und für ihn den Aufenthalt in einem geschlossenen Sanatorium ermöglicht. Nach drei Jahren konnte man ihn als gesund entlassen. Er ist heute Buchhalter bei einer Baufirma, die einem seiner früheren Kunden gehört.«

9.

Ich hielt die Photographie noch immer in der Hand.
»Es war ein sehr wertvolles Geschenk, das Sie meiner Frau damals machten.«
»Nun ja, für einen Studenten schon.«
»Noch dazu, wo Sie an ihrem Geburtstag überhaupt nicht mehr in Wien waren.«
»Hat sie Ihnen das auch erzählt?«
»Ja. Das hat sie mir auch erzählt«, sagte er und fuhr wie belanglos fort, »können Sie sich noch erinnern, wie alt sie damals wurde?«
»Ja. Sechzehn.«
»Sie wissen das genau?«
»Genau.«
»Also war sie damals erst fünfzehn, als es passierte.«
Ich antworte, wußte aber, daß er auf ein ganz anderes Ereignis zustrebte: »Ja, sie war damals fünfzehn, als man ihren Vater in eine Anstalt brachte.«
»Das meine ich nicht.«
»Sondern?«
»Sie wissen es selbst.«
Die Zeitschrift auf dem Tisch störte mich. Ich faltete sie zusammen. Auf der Rückseite war ein

Inserat meiner Firma. Medizinische Instrumente. Landgreve. Gegründet 1846.
»Kamen Sie mit dieser Absicht?« fragte ich.
Ich war jetzt sehr beherrscht. Es war ausgesprochen. Ich wußte endlich, worum es ging. Ich wußte nicht, wo es hinaussollte.
»Kamen Sie mit dieser Absicht?« wiederholte ich.
»Wir werden uns aussprechen.«
»Da ist nicht viel auszusprechen«, sagte ich, »weiß Ihre Frau, daß Sie zu mir fuhren?«
Er lachte.
»Wo denken Sie hin! Ich belaste meine Frau doch nicht mit meinen Geschäften. Sie hat natürlich keine Ahnung davon.«
»Sie sagten, Sie brächten mir Grüße?«
»Nur eine Redensart. Um die Form zu wahren. Man fällt doch nicht gleich mit der Tür ins Haus. Es ist immer gut, wenn die Geschäftspartner erst ein wenig miteinander vertraut werden und eine gute Atmosphäre zwischen ihnen geschaffen wird. Man soll nie etwas übereilen. Inzwischen hatte ich die Freude, Ihre Kinder kennenzulernen, Ihre Lebensgewohnheiten, das Ganze ist jetzt für mich um vieles leichter geworden. Finden Sie nicht auch?« Ich schenkte mir ein Glas Gin ein und stürzte es in einem Zug hinunter. Es war so albern, daß ich

es tat, ich fühlte es selbst, daß ich mit diesem Tun eine lächerliche Handlung vornahm, aber ich hatte mich einfach nicht mehr in der Gewalt. Es geschah mechanisch, gegen meinen Willen. Ich stellte das Glas zurück und sagte:

»Wieviel verlangen Sie?«

»Ich gab Ihnen bisher noch keine Veranlassung, diese Frage an mich zu richten«, sagte er liebenswürdig, »viel interessanter ist für mich die Tatsache, daß Sie so schnell kapitulieren. Ich habe kein Beweismaterial in der Hand, nicht das geringste.«

»Aber Sie sagten –«

»Meine Frau hat es mir erzählt. Das ist alles. Einen Tag vor der Hochzeit hat sie es mir anvertraut. Aber vielleicht hat sie gelogen? Sie ist eine gute Schauspielerin, ein wenig romantisch, leicht hysterisch – was erzählt man sich nicht alles am Tage vor der Hochzeit? Da fließt man von Geständnissen über, wahre und unwahre, erlebte und erdichtete. Sie hat mir das Geständnis später noch einmal wiederholt. Aber das ist auch schon ein paar Jahre her. Ich wollte Sie nur fragen, ob die Beichte meiner Frau wahr ist oder ob sie sich da etwas ausgedacht hat, was jeder Wahrheit entbehrt?«

»Und wenn ich sage, daß es nicht wahr ist?«

Er nahm die Flasche vom Tisch und schenkte

sich selbst ein. Er tat, als ob er der Hausherr war. Es lag etwas Provozierendes in seinem Tun.
»Wenn Sie sagen, daß es nicht wahr ist«, wiederholte er meine Frage, »das wäre für mich eigentlich recht unzufriedenstellend. Sehen Sie, man will doch gern wissen, woran man ist. Nicht, daß es mich beschäftigt und das Glück meiner Ehe davon abhängt, ich hätte sonst keine Schauspielerin heiraten dürfen, wo man als selbstverständlich annimmt, daß sie ihr Leben anders einteilt als ein bürgerliches Mädchen. Aber Sie erinnern sich, daß der Vater meiner Frau wegen einer Bewußtseinstrübung drei Jahre in einer Anstalt war. Ich wäre ernstlich besorgt, müßte ich denken, daß vielleicht meine Frau etwas davon geerbt hat, ein Familienteil sozusagen, daß sie bereits wahre und unwahre Dinge nicht mehr zu unterscheiden vermag.«
Zum Teufel mit dieser Art zu reden! Diese verbindliche Form in einer verdammt unverbindlichen Sache! Da hatte ich bis heute gelebt und nicht mehr daran gedacht, hatte mir etwas auf meine Ehrenhaftigkeit eingebildet, hatte Söhne und eine Tochter großgezogen, war etwas geworden im Leben ... und plötzlich sollte das alles zu Ende sein? Gut, ich habe die Sache be-

gangen, es war geschehen, es ist heute nicht mehr zu ändern, ich werde meine Schuld sühnen, so oder so, aber er soll diese penetrante charmante Art lassen, dieses Hinterlistige, wie er seine Worte setzte!

»Fragen Sie Ihre Frau selbst!« sagte ich hart.

»Warum alte, längst vernarbte Wunden aufreißen? Sie schwärmt heute noch für Sie.«

»Und hat Ihnen alles erzählt!« stieß ich hervor.

Er legte seine Hand auf meinen Arm, ohne daß ich dieser Berührung ausweichen konnte.

»Können Sie das nicht verstehen? Ist diese gegenseitige Ehrlichkeit nicht die Grundlage jeder guten Ehe? Will nicht jeder Mann wissen, sofern er seine Frau wirklich liebt, was vor seiner Zeit geschah!?«

Ich sprang auf. »Ich habe Ihnen nichts zu sagen. Fragen Sie Ihre Frau selbst!«

»Ich tat es.«

»Dann glauben Sie einfach, was sie gesagt hat.«

»Gut. Ich will es glauben. Aber ist es nötig, sie vor Gericht aussagen zu lassen?«

»Vor Gericht?«

»Es könnte Ihnen einfallen, mich zu verklagen, falls ich von meinem Glauben ein öffentliches Bekenntnis ablege. Dann muß ich den Wahrheitsbeweis für meine Behauptung antreten, denn es ist ja kein kleines Verbrechen, dessen ich Sie bezichtige. Aber ich glaube, es wird nicht nötig sein, meine Frau schwören zu lassen. Wir können es ihr beide ersparen. Ich bin im Besitz ihres Tagebuches aus jener Zeit. Es sind ein paar Seiten darin, von denen jede eine Jahreslieferung Ihrer Fabrik wert ist.«

»Was wissen Sie von meiner Fabrik!« sagte ich heftig.

Er lächelte:

»Oh, eine ganze Menge! Ich habe mir erlaubt, eine Auskunft über Sie einzuholen. Als ich sie las, ich muß gestehen – Kompliment, mein Verehrter! Sie haben es weit gebracht im Leben. Und einen Leumund – à la bonheur!«

Ich setzte mich zur Wehr.

»Ist Ihnen bekannt, daß gewisse Vergehen verjähren?«

»Auch Verbrechen, ich weiß es. Sie können diesen Einwand jederzeit vor Gericht geltend machen. Es liegt mir auch gar nichts daran, daß Sie bestraft werden. Wozu auch? Mir genügt es völlig, daß mir das Wissen um diese Dinge ermöglicht, hier bei Ihnen zu sitzen, während Ihre Gattin und Ihre Freunde auf Sie mit dem Essen warten. Nehmen Sie an, ich wäre ein Journalist und hätte eine gute story. Verlangt es da nicht mein Gewissen, daß ich mich erst von der Wahrheit der Geschichte überzeuge, bevor ich sie veröffentliche? Derartige Dinge werden meist gut bezahlt, nur trägt der Verfasser, also in unserem Falle ich, die volle Verantwortung. Wollen Sie einen Blick in den Rohentwurf meines Manuskriptes werfen, das ich zufälligerweise bei mir habe?«

Er zog aus seiner Rocktasche ein Manuskript hervor, weitzeilig geschrieben, handschriftlich, ohne jede Korrektur, sogar die Zeilen waren numeriert, und reichte es mir. Ich brauchte es nicht zu lesen. Ich wußte, was darin stand. Ich wußte alles wieder. Jener Nachmittag auf dem Kaasgraben in Wien, als plötzlich aus dem Zimmer des Vaters ein Lärm drang, daß wir alle zusammenschreckten, und eine hohe Stimme schrille Schreie ausstieß, die nicht mehr als menschlich anzusprechen waren. Der erwartete Tobsuchtsanfall war eingetreten. Glas zerbrach klirrend. Möbel wurden zerschlagen, gegen die verschlossene Tür, deren Schlüssel von innen steckte, wurde ein Stuhl zertrümmert und immer dabei dieses schrille Heulen, dieses entsetzliche Heulen.

Frau Altmann war sofort zum Telefon gelaufen und hatte die Rettungswache angerufen. Wir wurden aus dem Haus geschickt, ganz schnell, geht, laßt mich mit Vater allein, wenn er herauskommt – und als wir zurückkamen, sahen

wir nur noch in der Ferne den Krankenwagen den Kaasgraben hinunterfahren, das Haus stand leer, die Türen waren offen und ein Zettel lag auf dem Tisch: »Das Abendessen steht in der Küche. Wartet nicht auf mich. Ich bleibe die erste Nacht bei ihm in der Anstalt. Mutter.«
Wir wagten nicht, zu atmen. Keiner sprach ein Wort. Die Jungen, die nicht hier wohnten, auch Gertis Freundinnen gingen bald.
»Können wir etwas für euch tun?« fragte Koli. »Ruft an, wenn ihr uns braucht!«
Ich winkte ihnen mit der Hand, schnell zu verschwinden. Als sie aus dem Haus waren, setzte ich mich neben Gerti und legte beruhigend meinen Arm um ihre Schulter. Sie starrte still vor sich hin, schien meine Gegenwart nicht zu spüren. Hans, ihr Bruder, war am Tisch stehen geblieben, und seine Hände zerknitterten das Tischtuch.
»Kommt!« sagte ich zu den Geschwistern, »gehen wir ein wenig spazieren – es hat keinen Sinn, wenn wir hier sitzen. Wir können vorläufig nichts tun. Vielleicht geht es euerm Vater morgen schon besser, und er kommt zurück.«
»Und Mutter?« fragte Hans.
Ich sah ihn an. Er war blaß wie die Wand.
»Ich kann Mutter doch nicht allein lassen. Ich muß zu ihr.«

»Dann geh«, sagte ich, »geh, wenn du glaubst, daß es für dich leichter ist.«
Er nickte.
»Ja. Ich werde gehen. Aber wohin?«
Ich rief die Rettungswache an. Man nannte mir den Namen eines städtischen Krankenhauses in Gersthof, wohin man den Kranken gebracht hatte, eine Auffangstelle für alle akuten Fälle dieser Art. Ja. Besuche seien dort möglich. Danke.
Ich sagte Hans, wo er seine Mutter finden würde.
»Ich bleibe heute nacht bei ihr«, sagte er, zog seinen Mantel an und ging.
Gerti und ich blieben allein.
Wie lange wir wohl so saßen? Ich weiß es nicht. Sie hatte ihr Gesicht an meine Schulter gelegt, und unaufhörlich rannen ihre Tränen. Wir sprachen kein Wort. Nur meine Hand lag fest um ihre Schulter:
»Ja«, sagte sie einmal, aber da war schon eine Stunde vergangen, »ja, halt mich fest!«
Dann schlief sie ein. Ich hob sie hoch und bettete sie auf die Couch, holte eine Decke und deckte sie damit zu.
Sie weinte noch im Schlaf.
Ich ging auf den Zehenspitzen aus dem Zimmer, hinaus in die Küche, um einen Bissen

trockenes Brot zu essen. Ich muß immer etwas essen, wenn ich aufgeregt bin. Ich trank auch einen Schluck Wasser, nahm ein Glas davon mit ins Zimmer, falls Gerti etwas trinken wollte, wenn sie erwachte. Sie schlief fest. Ich nahm ein Buch und las. Aber die Gedanken blieben nicht beim Gelesenen. Ich stand wieder auf und ging in das Zimmer des Vaters hinüber. Es sah trostlos aus. Ich bemühte mich, ein wenig Ordnung zu schaffen, die Scherben zusammenzukehren, die umgeworfenen Möbel aufzurichten, soweit sie noch heil waren.

Da hörte ich ihre Stimme.

»Martin!«

Und noch einmal:

»Martin! Wo bist du?«

Ich eilte sofort hinüber.

Sie hatte sich halb aufgerichtet, die Decke war auf den Boden geglitten, sie fror.

»Ich hatte solche Angst, daß du weggegangen bist. Laß mich bitte nicht allein.«

»Du mußt etwas essen«, sagte ich, »es ist spät. Und nach dem Essen gehen wir ein wenig spazieren, es wird dir gut tun.«

»Martin, bitte, gehen wir gleich. Ich habe hier solche Angst.«

»Dann zieh dir etwas Warmes an und wir gehen.«

Sie faßte nach meiner Hand.
»Du bleibst im Nebenzimmer, während ich mich umziehe?«
»Ja«, sagte ich, »natürlich. Ich gehe nicht weg.«
Ich brachte sie bis zu ihrem Zimmer, schloß die Tür und setzte mich auf einen Stuhl im Zimmer, das mein eigenes war.
»Martin!« rief es von innen.
»Ja?«
»Geh nicht fort! Bleib da!«
Als sie zurückkam, hatte sie einen Mantel an und um ihr Haar ein Kopftuch, das sie weit ins Gesicht hereingezogen hatte, daß man ihre Tränen nicht sah.
»Mir ist so kalt, Martin.«
Wir schlossen das Haus hinter uns zu und legten den Schlüssel an die vereinbarte Stelle, wo er immer hing, wenn wir alle aus dem Haus waren. Wenn Hans und die Mutter kommen würden, kämen sie wenigstens ins Haus. Wir gingen in der einbrechenden Dämmerung den Kaasgraben hinunter, bogen nach links in die Grinzinger Allee ein, bei der Endstation des 39er Wagens gelangten wir auf den Grinzinger Marktplatz und gingen langsam die Himmelsstraße hinauf, vorbei an den Buschenschenken mit ihrem grünen Kranz aus Tannenreisig über der Haustür, beim Hengl und Manhart vorbei,

vor denen die Autos standen, bis hinauf zur Heilig Kreuz Kirche.
»Gehen wir hinein?« fragte Gerti.
Es war das erste Wort, das sie auf unserem Spaziergang sprach.
Ich öffnete das hohe schwere Tor, das einen knarrenden Ton von sich gab, und als es hinter uns zufiel, dumpf gegen das dunkle Lederpolster schlug, das zwischen Tür und Rahmen angehängt war. Wir bekreuzigten uns und gingen nach vorn. Wir setzten uns auf eine Bank, in der Nähe des Altars.
Wir waren allein. Ein paar Kerzen und das Ewige Licht flackerten ein wenig, sonst war alles still und reglos um uns.
Gerti faltete ihre Hände, legte ihr Gesicht darauf und betete. Dann blickte sie auf.
»Ich habe Gott gebeten, daß du mich lieb hast, Martin.«
»Gott hat dein Gebet längst erhört.«
»Aber du fährst weg – weit weg –«
»Ich werde dir schreiben.«
»Ach, Briefe!«
»Nimm es nicht so schwer, Gerti«, sagte ich, »du bist noch so jung, es ist eine Kinderliebe, glaub mir – in einem Jahr hast du mich längst vergessen.«
»Wie dumm du bist! Wenn ich mit dir hier in

der Kirche sitze, komme ich mir vor, als wären wir verheiratet. Du brauchst jetzt nur Ja zum Altar hinauf zu sagen, dann sind wir es wirklich.«
Unerwartet erklang über unseren Häuptern die Orgel. Wir hatten niemanden kommen hören, aber die kleine fromme Melodie füllte die Kirche, als ob hundert Gläubige sängen. Jetzt kamen auch, durch die Musik angelockt, andere Menschen in die Kirche. Wir standen auf und gingen hinaus.

10.

Als wir wieder auf dem Grinzinger Marktplatz standen, sagte Gerti:
»Wir wollen etwas essen gehen.«
»Deine Mutter hat es uns daheim gerichtet.«
»Nein. Ich mag nicht nach Hause. Ich möchte mit dir irgendwohin gehen, mit dir ganz allein. Weißt du noch, als wir beim Dehmel zusammenwaren und du mir zwei Portionen Eis gekauft hast?«
»Es ist schon acht Uhr.«
»Ja. Acht Uhr.«
»Wir sollten daheim sein, wenn deine Mutter kommt.«
»Mutter kommt heute nicht.«
»Warum?«
»Ich weiß es. Führ mich heute abend aus, Martin. Ich will auf andere Gedanken kommen.«
Quer am Grinzinger Marktplatz liegt ein altes Wirtshaus. Casino Zögernitz nennt es sich, aber es ist nur ein hochtrabender Name, die Tische in der Wirtsstube sind mit Wachsleinwand gedeckt, und man holt sich den Wein selbst vom Schanktisch. Obgleich es am Abend bereits empfindlich kalt zu werden begann, spielten im Garten die Schrammeln.

»Komm, Martin! Bitte!«
Wir gingen hinein und setzten uns in der Nähe der Hauswand auf ein grobe Bank. Der Tisch vor uns wackelte. Ich schob ihn zurecht. Der Wirt kam selbst heraus. Er brachte ein Tischtuch und breitete es über den Tisch. Dann ging er wieder hinein und erschien mit einem gefüllten Weinheber, in dem eine Kerze brannte, und zwei Gläsern.
»Nein«, sagte ich, »zwei Achtel gespritzt und etwas zum Essen.«
Der Wirt blies wortlos die Kerze am Weinheber wieder aus und zog das Tischtuch vom Tisch.
»Kalt oder warm?« fragte er.
Gerti hob ihr Gesicht zu mir. Sie sagte so leise, daß es der Wirt nicht hörte:
»Kann ich ein Schnitzel haben?«
»Geben Sie mir die Karte«, sagte ich zum Wirt. Ich wollte ihn vom Tisch weghaben.
»Ein Schnitzel, Gerti?«
»Mir ist heute so feierlich zumute. Die Kirche, das Orgelspiel, du – weißt du, daß es das erste Mal ist, daß ich in Grinzing in einem Wirtsgarten sitze, wo die Schrammeln spielen?«
Der Wirt kam heraus und stellte uns zwei achtel Gespritzten auf den Tisch. Er legte stumm die Speisekarte vor mich hin. Sie mußte nach ihrem Aussehen schon in vielen Händen gewesen

sein und während des Essens auf dem Tisch neben dem Teller gelegen haben.
»Bringen Sie uns zwei Schnitzel«, sagte ich.
»Mit Gurkensalat?«
Ich sah Gerti an. Sie nickte.
»Also gut – mit Gurkensalat.«
Der Wirt nahm die Karte wieder an sich und verschwand im Innern. Der Weinheber und die zwei Gläser nahm er nicht mit. Er blieb gefüllt mit ausgelöschter Kerze, sozusagen als Vorwurf, auf dem Tisch stehen.
»Wie geht das?« fragte Gerti.
Ich erklärte es ihr.
»Du nimmst ein Glas, hältst es darunter, drückst von unten dagegen, und der Wein rinnt dir von selbst ins Glas.«
»Darf ich es probieren?«
»Ja. Aber vorsichtig!«
Gerti nahm eines der leeren, niederen Gläser und drückte es leise gegen den silbernen Stift, der den Auslaufzapfen nach unten verschloß.
»Es geht nicht«, sagte sie.
»Etwas kräftiger.«
Sie tat es, und der Wein lief fröhlich ins Glas.
In diesem Augenblick kam der Wirt.
»Also doch!« sagte er, »einen Augenblick, meine Herrschaften!«
Er holte schnell zum zweiten Mal das weiße

Tischtuch, entfernte die hohen Gläser mit dem Gespritzten, breitete das Tischtuch aus, stellte den Weinheber wieder in die Mitte des Tisches, zog eine Zündholzschachtel heraus, brannte die Kerze an und verteilte die Gläser. Dann holte er vom Nebentisch zwei Bestecke herüber. Dann ging er in die Küche zurück und brachte das Essen.

»Guten Appetit!« sagte er, ehe er ging.

Er nahm die zwei Achtel Gespritzten wieder mit ins Haus.

»Bist du böse?« fragte Gerti.

»Warum?«

»Die Dummheit mit dem Wein – jetzt müssen wir ihn bezahlen.«

»Vor allem müssen wir ihn trinken, einen ganzen Liter, und zwar ich allein.«

»Ich helfe dir dabei.«

»Untersteh dich!«

»Nur ein Glas. Bitte!«

»Vielleicht nach dem Essen. Tummle dich! Die Schnitzel werden kalt.«

Das Essen war vorzüglich. Wie überall in Wien, wo der Wirt selbst bedient und die Wirtin kocht. Der grüne Gurkensalat war mit rotem Paprika bestreut.

»Au! Ist das scharf!« rief Gerti.

»Hm! Hm!« brummte ich. Ich hatte gerade ein

Stück Schnitzel im Mund, eine Flachse oder wie man das nennt. Herausnehmen wollte ich sie nicht und so bemühte ich mich, sie zu zerbeißen. Es dauerte seine Zeit, aber es gelang.
»Ein richtiges Hochzeitsessen!« sagte Gerti.
Ich nickte.
»Zuerst die Kirche und jetzt das Hochzeitsessen«, wiederholte Gerti, »dazu einen Wein – was feiern wir eigentlich, Martin?«
»Den Abschied.«
»Du wirst wiederkommen?«
»Ich werde wiederkommen.«
»Schwör es mir.«
»Ich bitte dich, Gerti, doch nicht während des Essens!«
»Schwörst du es mir heute beim Heimgehen?«
Ich schob den letzten Bissen des Schnitzels in den Mund, ein knuspriges goldbraunes Stück, und entzog mich so einer Antwort. Natürlich würde ich wiederkommen. Eines Tages. Wenn ich mit dem Studium fertig war. Aber darüber konnten Jahre vergehen. Sie wird inzwischen eine vollendete kleine Dame geworden sein und, wenn wir uns an heute erinnern, wird sie lachen.
Inzwischen war auch Gerti mit ihrem Essen fertig geworden.
Sie legte Messer und Gabel auf den Teller.

»Ich hatte einen Riesenhunger!«
»Es war auch ein Riesenschnitzel. Ich hoffe, du bist satt geworden?«
»Ach, ich könnte schon noch –«
»Eine Mehlspeise?« rief ich entsetzt.
»Wenn du mir eine spendierst, Martin?«
»Was am liebsten?«
»Palatschinken.«
Ich ging in die Küche.
»Mit Marillen?«
»Ja. Marillen.«
Als ich zurückkam, stand der Stehgeiger an unserem Tisch und spielte Gerti auf seiner Geige etwas ins Ohr. Hinter ihm der Mann mit der Kontragitarre und der Dritte mit einer chromatischen Ziehharmonika. Gerti saß da wie eine Erwachsene. Sie hatte sich zurückgelehnt, den Kopf im Weinlaub verfangen, und lauschte mit lächelndem Mund und geschlossenen Augen. Aber peinlich schien es ihr doch zu sein. In ihrer Verlegenheit beugte sie sich plötzlich zum Tisch, nahm das Glas mit dem Wein und trank es in einem Zug leer. Ich nahm ihr das Glas schnell aus der Hand und setzte mich zum Tisch zurück.
»Haben euer Gnaden einen besonderen Wunsch?« fragte mich der Stehgeiger, nachdem er geendet hatte.

»Nach dem Essen vielleicht«, sagte ich verlegen, »ich werde es Sie wissen lassen.«
Der Kapellmeister hob den Bogen und gab damit das Zeichen zum Einsatz. Ein flotter Schrammelmarsch erklang, und die Drei zogen sich rückwärts gehend und ohne den Blick von unserem Tisch zu wenden zurück.
»Das war sehr aufregend«, sagte Gerti.
»Für mich auch. Sie erwarten ein Trinkgeld.«
»Hast du keines?«
»Doch. Aber –«
Ich dachte an die Schnitzel, die Palatschinken, an den Wein, den ich noch bezahlen mußte.
»Das Trinkgeld bekommen sie von mir – ich habe noch etwas Taschengeld«, sagte Gerti, »auch ein Mädchen muß einmal etwas bezahlen.«
In dieser Minute trat der Salamutschimann an unseren Tisch. Es war kein echter Salamutschimann, keiner von jenen, die beim Heurigen mit Würstchen und Speck und Emmenthaler von Tisch zu Tisch gehen. Unserer hatte einen großen Korb, bis zum Rand gefüllt mit Pfeffernüssen, süßen Oblaten, süßen Makronen, gebrannte Mandeln, glasierte Weinbeeren, kandierten Nüssen, kleine Tafeln Schokolade und Pfefferkuchenherzen. Er stellte den Korb auf den dritten leeren Stuhl an unserem Tisch und

hielt Gerti einen kleinen geöffneten Sack hin.
»Gerade oder ungerade?« fragte er.
»Ungerade«, sagte Gerti.
Sie griff in den Beutel und zog eine Nummer.
Es war eine Fünfzehn. Gerti hatte gewonnen.
Der Salamutschimann hielt ihr den Korb zur Auswahl hin. Gerti wählte ein Pfefferkuchenherz mit einem roten Band zum Umhängen.
»In Treue« stand darauf.
»Versucht der Herr sein Glück auch einmal?« sagte der Salamutschi zu mir und schüttelte den Sack mit den Glückssteinen.
»Nein. Danke.«
»Bitte, Martin! Mir zuliebe!«
»Also gut. Geben Sie her.«
»Gerade oder ungerade?«
»Diesmal gerade.«
Ich zog die Nummer zweiundzwanzig.
»Wähl du!« sagte ich zu Gerti.
Sie nahm abermals ein Pfefferkuchenherz aus dem Korb und hängte es mir um den Hals. »In Liebe« stand diesmal darauf.
Der Glücksmann bekam seine achtzig Groschen. Er hatte bei uns kein Geschäft gemacht. Er ließ es sich nicht anmerken. Ein andermal geht es wieder besser, und man zieht eine Niete nach der anderen. Er rechnet aufs Wiederkommen und treibt sein fröhliches Gewerbe

schon viele Jahre, überall, wo ausgesteckt ist in Grinzing.

»Trink nicht so hastig, Gerti!«

»Mir schmeckt es.«

»Jetzt ist es aber genug. Du hast schon zwei Glas.«

»Sag, ist das Gumpoldskirchner?«

»Vielleicht. Dem Preis nach.«

Ich trank mein Glas leer und tat so, als ob ich den Wein kennerisch schmeckte.

»Das ist ein Wein, den muß man beißen!«

»A geh! Das sind doch Sprüch!«

»Bitte – dann sag du, was es für ein Wein ist!«

Sie trank den letzten Schluck aus ihrem Glas. Sie machte es mir nach, wie sie es soeben bei mir gesehen hatte.

»Nußberger!« sagte sie.

»Bestimmt?«

»Ehrenwort! Ich werde doch noch einen Gumpoldskirchner von einem Nußberger unterscheiden können.«

Wir lachten.

Wir waren wie die Kinder.

Der Wirt brachte die Palatschinken.

Es waren vier Stück.

»Ich hatte nur eine Portion bestellt«, reklamierte ich.

»Aber gehen's, Sie werden doch nicht zuschau-

en!« sagte der Wirt, »wegen einer Portion lohnt sich's ja gar nicht, erst anzufangen.«
Die Palatschinken verschwanden schneller, als sie gekommen waren.
Gerti war mit ihren drei Stück schneller fertig, als ich mit meinem einen.
»Manchmal gibt's Kompott dazu!«
»Freßsack!«
»Geizhals!«
»Könntest du denn noch?«
»Kompott kann ich immer.«
Ich werde vierter Klasse heimfahren müssen, dachte ich.
»Ein gemischtes Kompott, Herr Wirt!«
»Ein Kavalier, der Herr!« sagte der Wirt und ging.
Ich wollte mein Glas neu füllen.
Gerti nahm es mir aus der Hand.
»Das ist mein Amt. Du trinkst, und ich schenke ein. Darf ich auch noch?«
»Nein.«
»Bitte, nur einen Schluck!«
»Auf die Palatschinken hinauf. Sie waren so süß.«
»Du bekommst jetzt dein Kompott.«
Ehe ich es mich versah, hatte Gerti ihr Glas bis zum Rand gefüllt.
»Auf unseren Tag, Gerti! Es ist unser letzter.«

Gerti stellte ihr Glas zurück, ohne getrunken zu haben.
»Warum mußt du das jetzt sagen?«
»Ich denke immer daran.«
»Vergiß es! Vergiß es für heute!«
»Ich kann mir einfach nicht vorstellen, daß ich nicht mehr im Kaasgraben, nicht mehr mit euch leben werde.«
»Glaubst du, ich kann mir vorstellen, daß du nicht mehr da bist?«
In diesem Augenblick sahen wir Koli.
Er mußte uns wohl schon eine Weile beobachtet haben.
»Wieso seid ihr denn hier?« fragte er.
»Du bist doch auch hier«, sagte Gerti, ein wenig schnippisch.
»Ich muß für meinen Vater Zigaretten holen. Wir haben Besuch daheim.«
Ich stand auf und sagte zu ihm:
»Erzähl' niemandem, daß du uns hier gesehen hast.«
Er nahm die Situation schrecklich ernst.
»Ich finde es keineswegs korrekt von dir.«
»Erlaube bitte! Das ist doch ganz harmlos.«
»Wenn es meine Schwester wäre –«
»Ich bin nicht Agathe!« rief Gerti, sie war ganz anders als sonst, vielleicht hatte sie der Wein reizbar gemacht, denn dies war sonst nicht ihre

Art, »bitte erzähl alles, was du hier gesehen hast – bitte, erzähl es!« Koli ließ uns stehen und ging ins Innere, Zigaretten zu kaufen. Er verließ die Schankstube durch eine andere Tür und kam nicht mehr an uns vorbei.

»Wollen wir gehen?« sagte ich zu Gerti.

»Ja. Gehen wir. Nach Hause. Zu uns.«

11.

Wir fanden daheim den Schlüssel, wo wir ihn hingelegt hatten. Ich sperrte auf, zündete das Licht im Treppenhaus an und ließ Gerti eintreten. Sie stieg langsam vor mir die Treppe hinauf. Auf dem Heimweg war sie immer stiller geworden, je mehr wir uns dem Haus näherten. Jetzt standen wir in der Diele, so, wie wir gekommen waren.

»Ich gehe schlafen«, sagte Gerti, ohne mich anzuschauen, »vielen Dank für alles, Martin.«

»Gute Nacht!« sagte ich, »Schlaf gut!«

Sie ging in ihr Zimmer.

Ich wollte noch ein wenig lesen. Ich nahm mir ein Buch aus dem Regal, dasselbe, das ich heute nachmittag zurückgestellt hatte, zündete die Stehlampe an und ließ mich in einen Sessel fallen. Ich las nur wenige Seiten. Dann fühlte ich eine tiefe Müdigkeit, las aber weiter und plötzlich war ich mitten im Schlaf, ohne daß ich es merkte. Ich weiß nicht, wie lange ich so mit geschlossenen Augen in dem tiefen Sessel gelegen war, auf einmal wachte ich auf, das Buch war meinen Händen entglitten und zu Boden gefallen. Ich hob es schnell auf, war ein wenig benommen und ging ins Badezimmer, mich kalt zu waschen. Es half sofort, meine Gedanken wurden klarer. Als ich unter der kalten Dusche stand, kehrten alle Lebensgeister zurück. Ich schlüpfte in meinen Bademantel, löschte das Licht im Treppenhaus und in der Diele und ging auf Zehenspitzen in mein Zimmer.

Vor der Tür zu Gertis Zimmer blieb ich stehen und lauschte. Ich hörte nichts, Gerti war eingeschlafen. Ich ging noch einmal in die dunkle Diele zurück und holte mein Buch, das ich dort vergessen hatte. Mein Bett war heute nicht für die Nacht hergerichtet, wie es sonst der Fall war. Ich zog die Bettdecke herunter, faltete sie sorgfältig zusammen und legte sie auf einen Stuhl. Dann holte ich die zwei Kopfkissen unter der Steppdecke hervor, legte sie hoch an das Kopfende, brannte die Leselampe am Nachttisch an, drehte das Deckenlicht ab und schlupfte aus meinem Bademantel. Ich hatte mir seit einem Jahr angewöhnt, nackt zu schlafen, auch im Winter, eine Gewohnheit, die ich bis heute beibehalten habe. Man findet auf diese Weise einen schnelleren und tieferen Schlaf.

Ich las an diesem Abend noch lange. Das Buch war endlich aus der breiten Vorgeschichte, in der sich der Autor seinen Lesern bekannt machte, eine üble Angewohnheit mancher Schriftsteller, herausgekommen und in die Handlung eingetreten. Ich las wohl über eine Stunde, es war bereits nach Zwölf, als ich das Licht löschte und einschlief.

Wodurch ich plötzlich erwachte, weiß ich nicht. Gerti stand vor meinem Bett. Das Licht aus ihrem Zimmer fiel durch die offene Tür herüber, so sah ich sie. Sie trug ein hauchdünnes Nachthemd, einen Hänger ohne Ärmel, der ihr gerade bis zum Knie reichte. Ihr Haar hatte sie zur Nacht geflochten und ihre Füße waren nackt.

»Martin«, sagte sie, »ich habe solche Angst!«

Und ehe ich noch etwas erwidern konnte:

»Bitte! Nimm mich zu dir!«

Sie schlupfte unter meine Decke und preßte sich ganz eng an mich, als ob sie sich in mich hineinschmiegen wollte. Ihre Beine verkrochen sich in die meinen, und ich spürte ihre heiße Haut auf meinem ganzen Körper.

»Und Sie wußten, daß sie erst fünfzehn Jahre war«, sagte mein Besucher.

»Ja«, sagte ich, »ich wußte es.«

Ich war aufgestanden und ging im Zimmer auf und ab.

Von der englischen Standuhr im Nebenzimmer fiel der Halbstundenschlag. Ich saß in einer Falle. Aber es war keine Falle. Es war bereits ein Käfig, oben unten, rechts links, überall mit dik-

ken Stangen, aus dem es kein Entkommen gab.
»Machen Sie es kurz«, sagte ich, *was* verlangen Sie?«
Er ließ sich Zeit mit seiner Antwort.
»Verführung einer Minderjährigen, vorher Wein, mehrere Gläser – noch dazu an einem Tage, wo man den Vater abgeholt hatte –«
»Wieviel?«
»Wie denken Sie über dreitausend?«
Ich blieb überrascht stehen. Die geforderte Summe stand nicht im Einklang mit dem teuren Wagen und seiner Art, wie er sich kleidete. Ich ließ mir meine Überraschung, ja, meine Erleichterung, ich sage es ganz offen, nicht anmerken.
»Dreitausend?«
»Das wird es Ihnen wert sein, schätze ich.«
»Eine Erpressung?«
»Nennen Sie es, wie Sie wollen.«
»Und welche Garantie habe ich, daß Sie nicht eines Tages –«
Er antwortete:
»Ihre Zahlungen. Ich werde mich an unsere Abmachungen halten, solange Sie zahlen.«
»Ich verstehe Sie nicht.«
»Dreitausend. Jeden Monat.«
»Sie sind verrückt!«
»Dreitausend. Bis an Ihr Lebensende.«

Ich mußte mich zurückhalten, ihn nicht mit der Flasche vom Tisch zu erschlagen. Eine Summe, die ich nie zahlen konnte! Die weit über das ging, was ich verdiente. Meine Existenz wäre völlig ruiniert gewesen. Was sollte ich meiner Frau sagen, den Kindern? Alles, was ich besaß und verdiente, steckte in der Fabrik.
Ich hatte meine Frau stets in alles eingeweiht, wir besprachen es miteinander. Sie war mit meinem Einkommen, mit meinen Verhältnissen vertraut.
Wieder fühlte ich das Zittern in meinen Knien. Ich setzte mich schnell. Er saß mir gegenüber, ohne ein Wort an mich zu richten und mir damit eine Gelegenheit zu geben, meine Gedanken beim Sprechen zu ordnen.
»Das ist unmöglich!« stieß ich hervor, »das überschreitet weit alles, was ich verdiene.«
»Ihr Einkommen interessiert mich nicht.«
»Mein Vermögen –«
»Eben. Ihr Vermögen ist für mich wesentlich interessanter. Ich weiß nicht, ob Sie von Ihrem immerhin beträchtlichen Vermögen noch einen Nutzen hätten oder sagen wir: es angenehm weiter nutzen könnten, wenn wir uns nicht einig werden sollten. Betrachten Sie mich einfach als Ihren stillen Teilhaber, dem Sie ganz automatisch jeden Monat seinen Anteil überweisen.

Ihre Fabrik geht gut. Die Auskunft war ausgezeichnet.«

»Ich denke nicht daran.«

»Wie bedauerlich für alle Beteiligten. Selbst für meine Frau. Sie wäre sehr betrübt, durch mich zu hören, daß Sie in Bedrängnis geraten sind.«

»Ich denke, Ihre Frau weiß nichts von diesen Dingen?«

»Noch nicht. Aber vielleicht erzähle ich es ihr. Vielleicht muß ich es ihr sogar erzählen, um mich ihres Beistandes zu versichern. Eine Zeugin mehr, eine Tatzeugin noch dazu ... sie ist sehr photogen, auch heute noch, aber wir haben ja das Photo von damals, das ich Ihnen zeigte – dieses Photo und daneben das Ihre von heute, auf der Seite einer großen Illustrierten ... wie hoch glauben Sie, wäre die Auflage allein in Ihrer Stadt?«

Ich kam mir vor wie ein Ertrinkender.

»Aber die Sache ist längst verjährt!«

»Im Prozeß wird es sich herausstellen.«

»Sie können doch nicht wegen einer Dummheit, die er in seiner Jugend begangen hat, einen Menschen völlig ruinieren!«

»Auf diese Dummheit, wie Sie es nennen, steht leider Zuchthaus. Ich habe die Gesetze nicht gemacht. Ich nütze sie nur.«

»Ist das Ihre Art, wovon Sie leben?«

»Mal dies, mal das. Ich habe eigentlich keinen bestimmten Beruf. Beinahe hätten Sie Glück gehabt. Wenn die kleine Kugel in Monte Carlo nicht gegen mich gelaufen wäre, so niederträchtig gegen mich, ich hätte Ihnen meinen Besuch noch ein paar Jahre ersparen können. Aber wie die Dinge nun einmal liegen – Sie haben Pech, weil ich kein Glück hatte.«

Ich starrte ihn an. Sein Lächeln brachte mich zur Raserei.

»Was sind Sie eigentlich für ein Mensch?« schrie ich ihn an.

Er brannte sich langsam eine Zigarette an und blies den Rauch vor sich hin.

»Kein anderer als viele in meiner Situation«, sagte er, »ein Ehrenmann, solange ich es mir gestatten kann, einer zu sein. Oder war es nicht die Tat eines Ehrenmannes, ein Mädchen ohne Mitgift zu heiraten? Daß jetzt noch eine Mitgift daraus entspringt, wer konnte das damals auch nur ahnen? Es geht uns im Augenblick nicht zum Besten. Meine Frau erwägt schon, zur Bühne zurückzukehren. Aber welches Fach? Wissen Sie einen Rat? Sie ist heute vierzig – zur Komikerin hat sie kein Talent, und nach einem weiblichen père noble sieht sie nicht aus nach dem Leben, das sie mit mir geführt hat. Bedenken Sie, wie sehr ich meine Frau dank Ihrer

Liebenswürdigkeit und Güte verwöhnen könnte!«
»Ich habe selbst eine Frau und halberwachsene Kinder!«
»Ihre Lieben sind mein bester Pfeil im Köcher«, sagte er und grinste unverschämt, »im bürgerlichen Dasein spielen die Kinder im Leben eines Mannes eine große Rolle. Die Achtung, die sie ihm zollen, ist eine Messe wert. Bedenken Sie also, was geschehen würde, wenn meine Ausführungen keinen Eindruck auf Sie machten.«
Seine Worte liefen an meinem Körper herunter wie ein Regen, in dem ich stand. Sie regneten auf mich, sie drangen nicht ein.
»Sie haben eine Möglichkeit, sich der Sache zu entziehen«, fuhr er fort, »ein Unglücksfall mit dem Wagen beispielsweise – oder Sie sind ja Jäger, beim Waffenreinigen löst sich ein Schuß – man wird Sie in Ehren begraben. Für mich wäre es nicht sehr angenehm. Nicht aus wirtschaftlichen Gründen, Ihre Gattin würde es sich sicher etwas kosten lassen, das Andenken des lieben Verstorbenen in Ehren zu halten. Aber für mich ist der Gedanke nicht erfreulich, wenn mein Sonntagsbesuch diesen Ausgang nähme. Außerdem nützt das niemandem. Nicht einmal Ihnen. Denn Sie könnten damit nicht verhindern, was Sie verhindern möchten.«

Jetzt bekam ich mich endlich wieder ein wenig in die Gewalt.

»Hören Sie auf!« schrie ich ihn an, »ich werde Sie der Polizei übergeben.«

Er sah mich amüsiert an.

»Wenn Ihnen mit diesem Gedanken ernst wäre, hätten Sie dazu längst die Möglichkeit gehabt. Bitte, hier steht das Telefon. Es bedarf nur eines Anrufes. Sie sind doch Stadtrat, wenn ich recht unterrichtet bin. Man wird Ihnen aufs Wort glauben. Ich werde auch gar nicht leugnen, daß ich Ihnen Ihre Tat vorgeworfen habe. Ich habe ein gewisses Recht dazu. Schließlich ist jenes Mädchen, das Sie geschändet haben, heute meine Frau.«

»Geben Sie mir eine Frist!«

Er stand auf.

»Aber gern«, sagte er liebenswürdig, »das ist doch selbstverständlich. Ich mache mir sowieso schon Vorwürfe, Sie Ihrer Familie und Ihren Freunden so lange entzogen zu haben. Es wäre unhöflich von mir, die Damen noch länger mit dem Essen warten zu lassen. Ist es Ihnen recht, wenn ich morgen wiederkomme? Vielleicht um sechs Uhr am Nachmittag? Paßt es Ihnen da? Ich werde inzwischen meine Niederschrift in einen verschlossenen Umschlag stecken und Ihre Adresse darauf schreiben. Sie können mir dann morgen nachmittag Zug um Zug gegen diesen Brief die ersten drei Monatszahlungen übergeben, in bar, wenn ich Sie herzlich darum bitten darf.

Und jetzt, bitte, verzeihen Sie, daß ich Sie so lange aufgehalten habe.« Er machte eine Verbeugung und schritt zur Tür, als wenn ein Freund nach einem angeregten Gespräch mein Haus verließ. Ich begleitete ihn zur Tür. Auf der zweiten Stufe zur Straße drehte er sich noch einmal um und winkte mir mit der Hand freundlich zu.

12.

Der Anwalt setzte seine goldene Brille ab.
»Eine verteufelte Situation!«
»Ja«, sagte ich, »was soll ich tun?«
»Auf keinen Fall auch nur einen Pfennig zahlen.«
»Ich sehe keinen anderen Ausweg.«
»Doch.«
»Welchen?«
»Übergeben Sie diesen Mann der Polizei.«
»Dann kommt der Fall erst recht ins Rollen.«
»Er rollt bereits. Wir wollen uns nichts vormachen«, sagte der Anwalt, »übergeben Sie den Erpresser der Polizei, und machen Sie bei der Staatsanwaltschaft eine Anzeige gegen sich selbst. Wenn Sie wollen, übernehme ich das für Sie. Der Fall ist nach Paragraph 67 des Reichsstrafgesetzbuches verjährt, Sie haben also keine Weiterungen zu befürchten.«
Ich schüttelte den Kopf.
»Das ist kein Ausweg. Ich habe eine Familie, die ich schützen muß.«
»Sie sind zu mir um einen Rat gekommen. Ich habe ihn Ihnen gegeben.«
Ich entschuldigte mich.
»Es muß doch noch einen anderen Weg geben.«

»Ich sehe keinen anderen.«
»Es werden heute auf der Welt so viele Dinge in Ordnung gebracht –«
Der Anwalt schloß das Gesetzbuch, das vor ihm auf dem Tisch lag, und schob es beiseite. »Was hätte das in Ihrem Fall für einen Sinn?« sagte er, »Sie schieben damit nur eine Entscheidung hinaus und leben weiterhin unter einem Druck, der Sie Ihres Lebens nie wieder froh werden läßt. Sie kennen das Sprichwort von Gottes Mühlen, die langsam, aber sicher mahlen. Das Korn, das Sie damals gesät haben, kommt jetzt zum Ausdrusch und in die Mühle. Sie können es nicht mehr aufhalten. Seien Sie ein Mann, und stehen Sie zu Ihrer Schuld.«
Der bequeme Sessel, in dem ich saß, wurde zur Anklagebank.
»Ich kam zu Ihnen, um Ihre Hilfe zu erbitten.«
»Sie werden sie finden, wenn Sie das tun, was ich sage.«
»Das hilft mir in meiner Situation nichts.«
»Dann ist unsere Unterredung wohl beendet«, sagte der Anwalt und erhob sich, »ich darf Ihnen zur Erklärung nur eines hinzufügen: jede Tat verlangt ihre Sühne. Sie wollen sich ihr entziehen. Es ist nicht meine Aufgabe, Ihnen dabei zu helfen.«
Ich verteidigte mich:

»Ich bin bereit, einen hohen Betrag zu zahlen.«
»Ach, Geld!« sagte er heftig und knallte ein Aktenstück auf den Tisch, »Geld verdient man, und Geld gibt man aus. Das ist keine Sühne im Sinne der Gerechtigkeit. Wenn Sie eine Tochter hätten –«
»Ich habe eine Tochter.«
»Ich ebenfalls«, sagte der Anwalt, »deswegen sehe ich Ihre Tat in einem anderen Licht. Sie waren damals erwachsen genug, um diesen Dingen aus dem Weg zu gehen. Und heute, wo Sie Ihre Schuld erkennen müßten, haben Sie nicht den Mut, sie zu bekennen und dafür zu büßen.«
»Die Straftat ist verjährt.«
»Auch vor Gott? Vor Ihrem eigenen Gewissen? Wollen Sie ewig in Angst leben?«
»Ich habe eine Familie. Um sie geht es.«
»Das wird ein Teil Ihrer Sühne sein. Sie müssen sehen, wie Sie damit fertig werden. Verzeihen Sie meine Heftigkeit, aber wenn ich sehe, wie ein Mensch, der doch sonst im Leben seinen Mann steht, sich plötzlich ängstlich verkriecht, nur weil er in die Hände eines Erpressers geraten ist –«
»Glauben Sie, daß es etwas nutzt, wenn Sie mit ihm verhandeln?«
Der Anwalt ließ das Aktenstück, das er ein

zweites Mal aufgenommen hatte, auf den Tisch fallen.
»Nein«, sagte er, »das ist allein Ihre Sache.«
»Und wenn ich ihm zahle, was er fordert?«
»Wird er seine Forderung morgen erhöhen. Stellen Sie sich doch nicht blind! Das wissen Sie genauso wie ich.«
Ich sagte:
»Darf ich noch eine Frage an Sie richten?«
»Bitte!«
»Was würde geschehen, wenn ich –«
Ich schwieg. Er hatte mich verstanden.
»Wenn Sie sich der irdischen Gerechtigkeit entziehen und aus dem Leben scheiden? Das hat er Ihnen doch deutlich genug gesagt. Er wird sich an Ihre Frau halten. Was haben Sie damit erreicht? Und wenn Ihre Frau nicht mehr ist, werden es die Kinder sein, an die er mit seiner Forderung herantritt – werden Sie vernünftig, folgen Sie meinem Rat und stellen Sie sich selbst.«
Ich ging. Was hatte ich mir eigentlich erhofft? Ich würde nicht vor den Schranken des Gerichts stehen, das war alles. Aber mein Leben war verpfuscht, wie ich mich auch entschied. Ich dachte an meine Kinder, an meine Frau. Ich würde sie verlieren. Dabei fühlte ich mich ihnen noch nie so verbunden wie in diesen Minuten.

Es war schon gestern so gewesen, als ich kurz vor zwei Uhr zu ihnen in den Goldenen Fisch kam.
»Entschuldigt« –, sagte ich, während ich reihum alle begrüßte und versuchte, ein frohes Gesicht zu machen, »ihr hättet auf mich nicht mit dem Essen warten sollen.«
»Wir haben gewartet«, sagte meine Frau.
Ich murmelte abermals eine Entschuldigung und setzte mich.
»Bist du krank?« fragte meine Frau.
»Nein. Warum?«
»Du siehst so verändert aus.«
»Nur ein wenig überarbeitet oder vielleicht liegt es am Licht«, log ich, »aber wir wollen jetzt mit dem Essen nicht länger warten – habt ihr schon bestellt?«
Während der Suppe fragte mein Freund, Dr. Knauer:
»Du hattest Besuch, Martin? Eduard erzählte es.«
»Ja«, sagte ich, »ein Bekannter aus Wien.«
Meine Frau schaute kurz zu mir herüber.
»Was wollte er von dir?« fragte sie.
»Das Übliche. Er war in Geldverlegenheiten.«
»Du hast dich hoffentlich nicht –«
»Keine Sorge«, sagte ich und versuchte ein Lachen, »aber ich fürchte, er gibt es nicht auf und

wird morgen seinen Besuch wiederholen. Ich bekam ihn nicht anders los. Sonst säße er jetzt noch bei mir.«

Der Kellner nahm die Teller vom Tisch und brachte auf einer großen Silberplatte eine Ente, die in einem Kranz von Curryreis und gebackenen Bananen lag.

»Welche Überraschung!« rief ich, »an einem gewöhnlichen Sonntag?«

Mein Freund lachte:

»Wir haben etwas zu feiern.«

»Darf man gratulieren?«

»Ja. Gestern war der große Tag.«

»Knauers sind Regierungspräsidenten geworden«, rief aufgeregt mein Jüngster, »es steht in der Zeitung. Warum steht eigentlich nie etwas von dir in der Zeitung, Papa?«

»Komm! Iß!« sagte meine Frau zu dem Jungen.

Das Essen verlief in gelöster Feierlichkeit. Ich ließ mir von meinen Sorgen nichts anmerken. Morgen würde ich zu einem Rechtsanwalt gehen, er wird mir sagen, was ich zu tun habe. Ich trank viel an diesem Tag.

Mein Glas war immer wieder leer. Aber es half mir nicht viel. Zum Schluß bestellte unser Gastgeber eine Flasche Champagner. Wir stießen an. Ich hatte mich erhoben.

»Auf dich, Kurt!« sagte ich, »auf daß du nur

Freude und Freunde in deinem neuen Amt hast!«
Er lachte mir zu. Die Gläser klangen.
»Auf mein Glück, diesen Tag mit euch feiern zu dürfen!«
Ich wandte mich an seine Frau:
»Auch Ihnen, gnädige Frau! Sie werden mit Recht stolz auf Ihren Gatten sein!«
Er unterbrach mich:
»Moment!«
Er hob sein Glas gegen meine Frau:
»Sie können genauso stolz auf Ihren Gatten sein! Er ist uns allen ein Vorbild!«

13.

Ich blicke auf die Uhr. Es ist fünf Uhr nachmittags. Ich bin vom Rechtsanwalt auf die Bank gegangen und habe neuntausend Mark von meinem Konto abgehoben. Neun Bündel geglätteter Hundertmarkscheine mit einer Banderole und dem Stempel der Bank versehen. Ich trage sie bei mir. Neuntausend Mark. Den Wert eines neuen Wagens, den halben Wert eines Nerzmantels für meine Frau, das gesamte Studiengeld für meinen Sohn. Als ich vor dem Bankschalter stand, wurde ich geradezu verlegen, diesen hohen Betrag in bar zu verlangen. Es ist sonst nicht meine Art, selbst auf die Bank zu gehen und Geld zu beheben. Wenn es einmal der Fall war, waren es nur kleine Beträge. Ich kam mir vor wie ein Schuljunge, der heimlich mit einer Haarnadel aus seiner Sparbüchse Geld herausangelt. Ich genierte mich vor dem Mann hinter dem Schalter, der mir das Geld vorzählte. Er tat nicht dergleichen, als ob täglich einer von seinem Privatkonto neuntausend in bar abhebt. Wie ein Defraudant kam ich mir vor. Ich schob die neun Bündel schnell ein, ohne sie nachzuzählen, und verließ fluchtartig die Bank. Jetzt sitze ich hier, daheim, vor dem Kamin, an dem gestern das Geschehen sich so rasch ausbreitete wie eine Flamme auf Seidenpapier. Ich starre auf die glühenden Holzscheite. Ich sitze, ohne zu denken. Wozu auch? Wohin ich meine Gedanken schicke, sie stoßen auf eine Mauer. Ich werde das Geld zahlen, heute wenigstens, dann habe ich eine Spanne von drei Monaten, mich zu entscheiden, was ich tun werde. Ich schrecke zusammen, als meine Frau ins Zimmer tritt.

»Fühlst du dich ein wenig besser, Martin?«

Ich nehme ihre Hand und halte sie fest.

»Mach' dir keine Sorgen, Elisabeth«, sage ich, »morgen ist alles vorbei.«

»Ich wußte schon gestern, als du zum Mittagessen kamst, daß du nicht ganz in Ordnung bist.«

Ich zwinge mich, eine unbefangene Miene zu machen.

»Wann ist ein Mensch schon ganz in Ordnung«, sage ich, »oft steckt eine Krankheit lange in ihm, ehe sie zum Ausbruch kommt. Ein Zahn braucht Zeit, ehe er durch Schmerzen ankündigt, daß etwas faul im Staate Dänemark ist.«

Es sollte heiter klingen. Es gelingt mir nicht. Elisabeth sieht mich besorgt an.

»Wie seltsam du sprichst? So kenne ich dich gar nicht, Martin. Bedrückt dich etwas?«

Als ob es nur eines Windhauches bedurft hätte, meinen zur Schau getragenen Gleichmut ins Wanken zu bringen, sage ich gereizt:
»Bitte, unterlaß diese Fragen!«
»Willst du dich nicht hinlegen, Martin?«
»Du sollst mich in Ruhe lassen! Das will ich.«
»Du hast heute nacht keine Minute geschlafen. Ich lag selbst wach und weiß es. Bitte, Martin, wenn dich etwas bedrückt, sage es mir. Du bist seit gestern völlig verändert. Ich mache mir Sorgen um dich, ernstliche Sorgen. Laß mich nicht danebenstehen. Geht es um die Kinder?«
»Nein«, sage ich, »du redest dir das alles nur ein. Wolltest du um fünf nicht zum Friseur?«
»Ich habe abgesagt.«
Warum schreie ich nur plötzlich?
»Abgesagt? Warum? Ich will allein sein, versteh mich doch endlich! Ja, ich habe etwas im Kopf, mit dem ich nicht fertig werde. Aber ich muß allein hindurch. Es hat gar keinen Sinn, wenn ich dich auch noch damit belaste. Ich werde es dir eines Tages sagen, nicht heute.«
»Hängt es mit dem Besuch von gestern zusammen?« fragt meine Frau. Sie läßt sich nicht abschütteln. Dreimal schon ist es mir heute geglückt, sie mit ein paar nichtssagenden Worten aus dem Zimmer zu schicken, dem Netz ihrer Fragen zu entschlüpfen.

»Bitte, Elisabeth, geh!«
»Nein, Martin.«
»Laß mich allein!«
»Ich habe Angst um dich. Zwanzig Jahre war ich immer bei dir, es hat nie ein Geheimnis zwischen uns gegeben, du hast mir stets alle deine Sorgen anvertraut. Warum tust du es diesmal nicht? Hängt es mit dem Besuch von gestern zusammen?« wiederholt sie.
Ich fühle mich wie ein Fisch im Netz, nachdem die helle Hand des Fischers greift.
Ich schnelle hoch. Der Stuhl, auf dem ich sitze, fällt um.
»Bitte, Elisabeth«! sage ich heftig, »wenn du mich jetzt nicht allein läßt, gehe ich aus dem Haus. Ich ertrage einfach in dieser Minute deine Gegenwart nicht.«
Sie drückt mich auf den Stuhl zurück und streicht mit ihrer Hand über meinen Kopf. Sie sagt kein Wort. Ihre Hand macht immer die gleiche Bewegung, sanft, mütterlich, meine Frau. Ich spüre aus ihren Kleidern das Vertraute, ich atme es ein, wie ein Mantel ist es, der mich schützt. Die Zeit rast in mir zurück. Spult sich auf wie ein Film, der rückwärts läuft. Es ist alles wieder da. Wien. Der Kaasgraben. Gerti. Alle die Jungen. Gertis Mutter. Der Vater. Ob ich jetzt auch werde wie er? Zu allen Menschen

laufe und rufe: ich habe nichts Böses getan! Grüßt mich wieder!

»Es war in Wien ein Mädchen«, sage ich, ohne daß ich es will, »ich war Student und wohnte bei ihren Eltern. Eines Tages habe ich sie umarmt. Sie wollte es so. Vielleicht wollte ich es auch, lange schon. In der Nacht, ehe ich von Wien wegfuhr, kam sie zu mir. Als ich dich kennenlernte, Elisabeth, hatte ich dies alles längst vergessen.«

»Und dein Besucher von gestern?«

»Er ist ihr Mann.«

Die Kinder kommen von der Schule heim. Ich höre sie im Nebenzimmer. Fröhliche Stimmen und das Erzählen, während sie ihre Mäntel ausziehen und die Schulbücher auf die Bank knallen. Meine Frau tritt schnell von mir zurück und tut, als ob sie Blumen am Kamin ordnet. Ich habe eine Zeitung ergriffen. Die beiden Jungen stürmen herein. Eduard und Anton, mein Jüngster.

»Tag, Vater!« rufen sie, »wieso bist du schon daheim?«

»Euer Vater fühlt sich heute nicht wohl«, sagt meine Frau, »seid leise und verschwindet jetzt in eure Zimmer.«

»Ich habe einen Mordshunger, Mama«, sagt Anton.

»Laß dir etwas in der Küche geben.«
Ich blicke auf meine beiden Söhne. Ich liebe sie. Sie werden bald meine Richter sein. Sie kommen mir heute so groß vor, so erwachsen.
»Wo ist Yvonne?« frage ich.
Eduard wird ein wenig verlegen.
»Ich habe sie von der Schule abgeholt. Sie wollte noch zu ihrer Freundin Dagmar.«
»Du weißt, daß Vater das nicht mag«, sagt meine Frau und geht mit Anton in die Küche.
Ich blicke meinen Sohn an.
Er sieht aus, als ob er ein schlechtes Gewissen habe.
»Was ist, Eduard?«
»Nichts, Vater.«
Er blickt zu Boden, unschlüssig.
»Es ist doch etwas, Vater. Besser, du weißt es. Wir haben den Herrn wiedergetroffen.«
»Welchen Herrn?«
»Der gestern mittag bei dir war. Er wartete mit seinem Wagen vor Yvonnes Schule.«
Da ist es wieder da, das Unheimliche, das ich erwartete. Es war nicht das Geld allein, die Erpressung, die auf mir lastete. Ich wußte, es würde etwas geschehen, viel grauenhafter, als ich mir ausmalen konnte.
Ich sprang auf und packte meinen Jungen an den Schultern.

»Und? Weiter! Erzähl!«
»Er war schon mit Yvonne und ihrer Freundin im Gespräch, als wir kamen. Er winkte mir zu, als er mich sah. Er war diesmal viel netter als gestern. Er hatte eine Art, mit uns zu reden, als ob wir schon lange Freunde wären. Dann lud er uns in eine Konditorei ein. Wir sind mit ihm gefahren.«
»Wer wir?« frage ich hart.
»Yvonne, ihre Freundin Dagmar, Anton und ich.«
Ich sage etwas ganz Dummes, aber es fällt mir gerade ein.
»Wieso hat Anton dann Hunger, wie er sagte?«
»Das haben wir ausgemacht. Wir wollten nicht sagen, daß wir in einer Konditorei waren.«
»Und dann?«
»Er hat die beiden Mädchen heimgefahren. Yvonne wollte bei Dagmar ihre Schularbeiten machen.«
Ich lasse meinen Sohn stehen und laufe zum Telefon. Ich zittere so sehr, daß ich eine falsche Nummer wähle. Man meldet sich.
»Frau Tischenreuther?« frage ich.
Ich bin falsch verbunden.
Ich wähle neu.
»Hier bei Tischenreuther«, sagt eine Stimme.
»Kann ich die gnädige Frau sprechen?«

»Moment!«
Ich höre im Telefon Schritte näherkommen.
»Ja?«
»Gnädige Frau?«
»Ja. Wer ist dort?«
»Hier ist Landgreve, der Vater von Yvonne. Verzeihen Sie, ist meine Tochter bei Ihnen?«
»Nein«, sagt die Stimme, »sie wird noch in der Schule sein. Dagmar ist auch noch nicht daheim. Wollte Yvonne zu uns kommen?«
»Hätten Sie die Liebenswürdigkeit, sowie eines der Mädchen kommt, es zu bitten, sofort bei mir anzurufen?«
»Gern, Herr Landgreve, gern.«
Ich lege auf. Ich fliege am ganzen Körper.
Eduard steht so, wie er stand.
Ich gehe auf ihn zu, balle die Fäuste.
»Wie konntest du nur –«
»Ich habe es Yvonne gesagt.«
»Und?«
»Du weißt doch, wie Yvonne ist, Vater.«
»Warum bist du nicht wenigstens mitgefahren?«
Mein Sohn schüttelt den Kopf.
»Das ging nicht.«
»Warum ging es nicht?« herrsche ich ihn an.
»Weil – das hätte so ausgesehen, als ob ich auf meine Schwester aufpassen wollte. Das wäre

doch sehr blamabel für alle. Außerdem ist ja Dagmar mitgefahren. Zwei Mädchen und in der Stadt – ich bitte dich, Vater.«
Ich kann vor Zorn und Angst kaum reden.
»Weißt du, daß dieser Herr deiner Schwester gestern versprochen hat, sie darf den Wagen selbst steuern?«
»Das tut er nie. Und auch sie nicht, Vater. Dazu hat sie zu viel Angst. Alles nur Angabe – du brauchst keine Sorgen zu haben. Er saß am Steuer und die beiden Mädchen vorn neben ihm, als sie wegfuhren. Bis zu Dagmars Wohnung sind es nur fünf Minuten. Sie werden längst daheim sein.«
Ich schreie:
»Sie sind es nicht. Du hast es ja gehört . . .«

14.

Es ist zwanzig Minuten vor sechs. Frau Tischenreuther hat noch nicht angerufen. Ich habe die Jungen weggeschickt, Yvonne zu suchen. Eduard ist mit dem Wagen unterwegs. Er soll sofort anrufen, wenn er seine Schwester gefunden hat. Ich habe meiner Frau alles gesagt. Sie ist um Jahre gealtert. Sie spricht kein Wort mir mir. Es ist gekommen, wie ich gefürchtet hatte. Die zwanzig Jahre zwischen uns sind ausgelöscht. Ich versuche immer wieder, sie meine Tat in einem andern Licht sehen zu lassen. Ich habe die Empfindung, sie hört mir nicht zu.

Da, endlich, das Telefon.

Ich reiße den Hörer an mich.

»Ja, hier Landgreve –«

Es ist mein Büro, das mich anruft. Ob man die Briefe zur Unterschrift herüber in meine Wohnung schicken sollte.

»Nein«, sage ich, »nein, nein. Lassen Sie alles liegen. Bis morgen.«

Als ob es für mich noch ein Morgen gäbe! Ich blicke auf die Uhr. Zehn Minuten vor sechs. In zehn Minuten muß der Fremde da sein. Wir hatten es so vereinbart. Punkt sechs Uhr. In zehn Minuten weiß ich, wo meine Tochter ist.

Entweder kommt sie mit oder ich lasse ihn nicht aus, ich würge ihn, bis er mir alles sagt.
Das Telefon!
»Ja bitte – Landgreve –«
»Ist meine Tochter bei Ihnen?«
Es ist Frau Tischenreuther.
»Ist Dagmar bei Ihnen?« wiederholt sie.
»Nein. Ist Yvonne dort?«
»Ich hoffte, sie wären bei Ihnen. Beide Mädchen sind nicht gekommen. Ich mache mir Sorgen. Wissen Sie etwas?«
»Wir sind genauso ratlos!«
»Warum haben Sie mich vor einer halben Stunde angerufen?«
Ich erzähle ihr, was ich weiß.
»Ich verständige die Polizei«, sagte Frau Tischenreuther.
»Gut. Das ist das Beste. Aber warten Sie damit noch ein wenig. Dieser Herr, mit dem die beiden Mädchen weggefahren sind, wollte um sechs Uhr bei mir sein. Ich rufe Sie dann sofort an. Vielleicht haben die Kinder wirklich nur einen Autoausflug gemacht und kommen jetzt heim.«
Ich glaube es selbst nicht. Ich weiß nicht, warum ich es nicht glaube. Es wäre das Wahrscheinliche, das Naheliegende: sie fahren ein wenig in dem schönen Wagen spazieren und

sind vergnügt, während es uns daheim vor Angst das Herz zuschnürt. Die Schlinge ums Herz. Noch zehn Minuten, nur noch acht, dann weiß ich mehr. Gott wird mich bestrafen. Auge um Auge, Zahn um Zahn. Ich habe nicht Angst, daß etwas mit dem Wagen passiert. Ich leide Qual um meine Tochter. Sie ist noch ein Kind. Gott, erhalte mir dieses Kind! Vergilt nicht Gleiches mit Gleichem! Zerstör nicht ihr Leben, zerstör das meine, wenn du willst, daß das Gesetz sich erfüllt. Was kann dieses Kind dafür? Laß es erwachsen werden, schenk ihm die Schönheit eines verliebten langen Frühlings, laß Linden blühen und Jasmin durften ... ach, sie sollen in einem armseligen Kaffeehaus sitzen, auf einer verschlissenen Polsterbank, angeschlagenes Porzellan und Blechlöffel, am Nebentisch spielen die Männer Karten, aber sie hören nichts, sie sehen nichts, die Schale Kaffee vor ihnen wird kalt, weil sie sich an den Händen halten und in die Augen schauen, ein junger Mann und ein junges Mädchen. Aber nicht dieses, Gott! Sei barmherzig! Ich habe deine Gnade nicht verdient, ich bin an deinem Haus vorübergegangen, ich habe den Ruf deiner Glocken nur an hohen Festtagen vernommen, ich faltete die Hände, wenn dein Wort erklang, aber meine Gedanken waren fern, bei meinem

Beruf, bei meiner Familie. Vater unser, ja, der du unser Vater bist, mein Vater, hilf mir ... der du bist im Himmel und auf Erden, du bist überall, sei bei meinem Kind, beschütze es vor Schande, Schmach und Leid – geheiliget werde dein Name, zu uns komme dein Reich, dein Wille geschehe – Herr, es kann nicht dein Wille sein, daß ein Kind die Sünden des Vaters büßt, ich weiß, ich habe gesündigt vor dir, und alle meine Missetaten reuen mich sehr, aber du bist gnädig, bist barmherzig, dein Wille geschehe wie im Himmel so auf Erden! Unser täglich Brot gib uns heute und vergib uns unsere Schuld, vergib sie mir in deinem Herzen, aber lege mir eine Strafe auf, daß ich weiß, daß du mir verziehen hast. Strafe mich hart, mein Vater, schlag mich mit Krankheit und Not, aber strafe mich nicht an meinen Kindern ... vergib uns unsere Schuld, wie auch wir vergeben unseren Schuldigern, ich habe ihnen nicht vergeben, ich habe immer auf meinem Schein bestanden, ich ließ mir kein Unrecht widerfahren, ich war eitel und selbstgerecht auf alles, was ich tat, ich trumpfte meine Ehrbarkeit auf den Tisch, wenn ich Rechenschaft hielt mit meinen Schuldigern ... und führe uns nicht in Versuchung, sondern erlöse uns von dem Übel. Amen.
Noch zwei Minuten. Meine Frau steht am Fen-

ster. Ich greife nach dem Geld in meiner Tasche. Was ist mir jetzt das Geld? Ich habe meine Frau verloren, ich habe meine Söhne verloren, sie werden mit Fingern auf mich zeigen ... er wird es meiner Tochter sagen, um so leichteren Weg zu ihr zu haben: dein Vater tat es ja auch mit meiner Frau, komm, es macht Spaß, es macht mehr Spaß, als du dir vorstellen kannst ... es ist ja nur ein Spiel, dein Vater hat es auch gespielt, mit meiner Frau hat er es gespielt, das süße Spiel der Zärtlichkeiten ... sträub dich nicht länger, sei ein gutes Kind zu deinem Vater, dann verschwinde ich hier wieder und euer Leben geht weiter wie bisher ... aber wenn er jetzt kommt, in einer Minute, dann ist alles gut, dann ist nichts geschehen, dann war das Autofahren eine Galanterie, eine Höflichkeit zu zwei jungen Mädchen, dann ist ihm das Geld wichtiger und wichtiger, mich in der Zange zu halten, um wiederzukommen, immer wiederzukommen, bis das Geld zu Ende ist, das ich besitze ...

Meine Frau steht am Fenster. Sie rührt sich nicht.

»Elisabeth!« sage ich, »hilf mir!«

Sie sieht durch mich hindurch.

Ich knie vor ihr nieder.

»Hilf mir!«

Ich warte auf ihre Hand. Ich warte vergeblich. Die englische Standuhr im Nebenzimmer beginnt zu schlagen.
Ich zähle mit.
Eins. Zwei. Drei. Vier. Fünf. Sechs.
Vor dem Haus fährt ein Wagen vor.
Ich laufe zur Tür. Reiße sie auf.
Ein Mann steht draußen. In Uniform. Ein Mann von der Polizei.
Es ist keiner von unserer Polizei. Ich habe ihn noch nie gesehen.
Er zeigt seinen Ausweis.
»Herr Landgreve?« fragt er.
»Ja. Sie wünschen?«
»Kriminalpolizei.«
»Bitte«, sage ich nur und trete von der Tür zurück, um ihn einzulassen. Er schließt die Tür hinter sich und zieht aus seiner Brusttasche ein langgestrecktes Kuvert hervor. Ich erkenne nicht, was es ist.
»Ich habe ein paar Fragen an Sie zu richten«, sagt er, »Sie heißen Martin Landgreve und wohnen hier?«
»Ja.«
»Wir haben einen Mann gefunden. Tot. Ohne jeden Ausweis und ohne Papiere. Das einzige, was wir in seinen Taschen fanden, war dieser Brief. Er ist an Sie addressiert.«

Meine Lippen sind so trocken, daß ich sie gewaltsam auseinanderreißen muß.
»Tot?« stoße ich hervor.
»Ein Autounfall. Der Wagen trug eine ausländische Nummer und ist völlig zertrümmert.«
Ich würge heraus, kaum mehr menschlich ist meine Stimme: »War er allein?«
»Nein. Ein junges Mädchen saß neben ihm. Ebenfalls ohne Ausweis. Ich wollte Sie bitten, mitzukommen und die beiden Toten zu identifizieren.«
Ich höre hinter mir einen dumpfen Fall. Meine Frau ist ohnmächtig geworden. Wir bemühen uns um sie, betten sie auf die Couch.
Allmählich kommt sie wieder zu sich. Als sie mein Gesicht so nahe über dem ihren erblickt, löst sich die Starre, und die Tränen stürzen wie gestaute Bäche aus ihren Augen.
Der Kommissar hält mir den Brief entgegen.
»Es ist Ihr Eigentum«, sagt er.
Ich lege den Brief mechanisch auf den Tisch.
»Darf ich Sie jetzt bitten, mitzukommen?«
»Ja«, sage ich tonlos, »das Mädchen –«
»Sie ist völlig verstümmelt.«
»Es ist mein Kind, sie ist mit ihm weggefahren – tot, sagen Sie?«
»Sie starb auf dem Weg ins Krankenhaus.«
»Ich muß zu ihr.«

»Ich fahre Sie hin.«
Um mich dreht sich alles. Meine Knie versagen den Dienst. Er stützt mich. Mit der rechten Hand suche ich Halt am Tisch. Der langgestreckte Umschlag fällt zu Boden. Ich achte nicht darauf. Ich ringe nach Luft. Ich taumle nach vorwärts, laufe, laufe aus dem Haus.
Ich stehe auf der Straße.
Ich taumle.
Vor mir, auf der Treppe, Yvonne.
»Yvonne!« schreie ich auf.
Sie sieht mich schuldbewußt an.
»Yvonne!«
Sie blickt fragend auf den Fremden neben mir, dann wieder auf mich.
»Entschuldige, daß ich so spät komme, Vater.«
»Yvonne! Kind! Yvonne!«
Ich reiße sie in meine Arme, lasse sie nicht los.
»Es ist mein Kind! Es ist mein Kind!« sage ich zu dem Kommissar und immer wieder: »Es ist mein Kind!«
Der Kommissar ist zur Seite getreten und wartet geduldig.
Ich laufe ins Haus.
»Elisabeth! Yvonne ist da! Sie lebt! Sie ist da!«
Meine Frau hebt mühsam ihren rechten Arm.
»Martin«, sagt sie leise, »verzeih mir – ich ließ dich allein, als du mich brauchtest.«

Ich werfe mich vor ihrem Lager auf die Knie und vergrabe mein Gesicht in ihrem Arm. Ich springe auf. Ich laufe wieder hinaus. Hole Yvonne herein. Ich ziehe sie an der Hand. Sie stolpert. Jetzt, da sie wieder da ist, da sie lebend vor mir steht, erfaßt mich ein großer Zorn gegen sie.

»Wo warst du?« herrsche ich sie an.

»Ich werde dir alles erzählen, Vater.«

»Lüg mich nicht an!«

»Darf ich mich setzen? Ich bin sehr müde. Ich bin zu Fuß gelaufen, oft gerannt, ich wollte euch nicht warten lassen. Über eine Stunde bin ich gerannt und gerannt, querfeldein ... ich wollte zu euch ...«

Ich sehe auf ihre Schuhe. Sie sind staubbedeckt und zerfetzt. Ihre Strümpfe zeigen große Löcher.

»Du bist mit ihm gefahren?«

»Ja. Zuerst. Dagmar war mit«, erzählte nun Yvonne, »wir fuhren ein großes Stück aus der Stadt hinaus. Mitten in einem Wald hielt er an und fragte, ob ich jetzt seinen Wagen fahren wollte. Natürlich sagte ich ja. Er nickte und forderte Dagmar auf, auszusteigen. Er könnte es nicht verantworten, wenn etwas passierte, sie solle hier warten, wir kämen bald zurück.

Dagmar weigerte sich. Wir zwei Mädchen gehören zusammen, sagte sie, zwei unzertrennliche Freundinnen. Da legte er seinen Arm um meine Schultern, hob mit der linken Hand mein Kinn und fragte lachend, ob ich auch dieser Ansicht sei. Ob es mir nicht Spaß machen würde, zehn Minuten in dem großen Wagen mit ihm allein zu fahren? Ein so schönes Mädchen und ein so großer Wagen, wie füreinander geschaffen. Er ließ mich dabei nicht los, sein Arm zog mich immer näher, ich spürte ein Unbehagen, ich mag Männer nicht, wenn sie mir so nahe kommen, ich bekam Angst, richtige Angst. Dabei konnte mir doch gar nichts passieren. Auf der Straße fuhren Wagen an uns vorbei, Dagmar war dabei, und außerdem war er ein Bekannter von dir. Deswegen wollte ich nicht unhöflich sein. Dagmar machte dem Ganzen ein Ende. Sie schrie auf. ›Um Gottes Willen! Schon fünf Uhr! Wir müssen um fünf daheim sein. Bitte, bringen Sie uns zurück, Felix!‹ Er hatte darauf bestanden, daß wir Felix zu ihm sagten. ›Ich muß auch um sechs Uhr in der Stadt sein‹, antwortete er und rückte mir immer näher, ›ich habe ein wichtiges Geschäft. Teilen wir uns die Stunde. Halb sechs seid ihr daheim. Kommt, machen wir es uns im Wagen gemütlich.‹ – ›Ausgeschlossen‹, sagte Dagmar. ›Vielleicht morgen‹, sagte ich, ›wenn Vater es erlaubt.‹ – ›Legen Sie so viel Wert auf Ihren Vater?‹ sagte er, ›Väter brauchen nicht alles zu wissen, Väter haben meist eine andere Ansicht von dem, was ihren Töchtern gefällt.‹ – ›Ich will nach Hause‹, sagte ich, ›und bitte nehmen Sie die Hand von meiner Schulter. Sie tun mir weh.‹ – ›Kaufen Sie sich mit einem Kuß frei!‹ sagte er und zog mich noch fester an sich. Ich wehrte mich. Aber er war so stark. Irgendwie mochte ich ihn auch in dieser Minute. Ich haßte ihn und mochte ihn zugleich. ›Nein!‹ schrie ich, ›nein! Nein!‹

Da beugte sich Dagmar nach vorn, über mich hinweg und drückte mit aller Kraft auf den Signalring. Die Hupe ertönte. Sie ließ nicht aus, die Hupe rief, rief, rief. Da ließ er mich los. Wortlos griff er nach dem Steuer, riß den Wagen wütend herum, daß die Räder kreischten, und jagte in die Stadt zurück. Wir wagten kaum zu atmen, Dagmar und ich, wir hielten uns fest an den Händen. Am Wegrand stand ein junges Mädchen in einem ärmellosen Kleid. Sie winkte, mitgenommen zu werden.

Er hielt.

›Wenn ich Sie nicht störe‹, sagte das Mädchen und musterte uns kritisch, sie sah jetzt aus der Nähe sehr frech aus und war geschminkt, ›wenn Sie mit ihnen allein bleiben wollen, brauchen Sie es nur zu sagen. Ich bin kein Spielverderber.‹

›Im Gegenteil‹, sagte er, ›die beiden Mädchen neben mir wollten sowieso zu Fuß in die Stadt zurückgehen. Darf ich bitten, meine Damen?‹

Er langte rücksichtslos über uns hinweg, stieß die Tür auf und drängte uns hinaus. Die Freche schlüpfte lachend zu ihm hinein.

›Guten Heimweg, meine Damen!‹ rief er uns zu.

Er startete schnell. Die Freche neben ihm winkte uns spöttisch zu.«

Yvonne zittert am ganzen Körper, als sie endet. Ich sage ihr nichts von dem, was weiter geschehen ist. Ich schicke sie in ihr Zimmer. Dann rufe ich Frau Tischenreuther an.

Dagmar ist soeben nach Hause gekommen.

»Die Kinder waren ein wenig spazieren«, sagt sie leichthin, »Dagmar hat es mir erzählt. Der Herr hat sie freundlicherweise ein Stück mitgenommen und sie dann unterwegs abgesetzt. Wir haben uns wieder einmal unnötig Sorgen gemacht.«

Ich lasse sie reden. Sie redet lange.

Dann sage ich: »Es ist etwas Schreckliches geschehen. Der Wagen in dem die Kinder saßen, ist wenige Minuten später verunglückt. Der Fahrer ist tot.«

Frau Tischenreuther kann es gar nicht fassen. »Er soll doch so ein reizender und charmanter Mensch gewesen sein, wie mir Dagmar erzählte?«
»Er war es auch«, sage ich, »es ist besser, Sie erzählen Ihrer Tochter nichts von dem Unfall, es könnte einen Schock zur Folge haben, wir wollen versuchen, die beiden Mädchen aus der Geschichte herauszuhalten.«
Sie verspricht es mir.
Ich lege auf und gehe zum Kommissar hinaus, der in der Diele wartet.
Er schreibt in einem schmalen schwarzen Buch. Als er mich erblickt, fragt er sachlich:
»Es war also glücklicherweise nicht Ihre Tochter, die wir im Wagen gefunden haben?«
»Gott sei Lob, nein. Auch nicht ihre Freundin, wie ich zuletzt vermutete.«
Ich erzähle ihm, was ich weiß. Über jenes Mädchen, das am Straßenrand stand und das er mitgenommen hat. Eine Elternlose hoffentlich, daß niemand um sie weint, und die man still und ohne Namen an der Friedhofsmauer begraben wird.
Er macht sich über alles Notizen und fragt:
»Und der Mann? Können Sie mir hier ein wenig behilflich sein?«
»Es ist nicht viel, was ich weiß.«

Ich nenne ihm die Daten des Toten, soweit ich sie kenne.
Ein Herr Felix Auernheimer, wohnhaft in Wien, nähere Adresse unbekannt.
»Beruf?«
»Ich weiß es nicht.«
»Verheiratet?«
»Ja. Ich nehme es an.«
»Ein Freund von Ihnen?«
»Nein. Kein Freund. Er kam gestern das erste Mal zu mir. Ich hatte ihn bisher noch nie gesehen.«
»Was wollte er?«
»Er brachte Grüße aus Wien. Von seiner Frau.«
»Sie kannten sie?«
»Ich kannte ihre Eltern gut. Sie leben heute noch. Vielleicht hilft Ihnen das weiter. Sie leben im Kaasgraben 12. Neunzehnter Bezirk.«
Er schreibt alles auf, bedankt sich für meine Auskunft. Die Unterredung scheint beendet. Er will gerade das Buch zusammenklappen, da fragt er noch:
»Was ist in dem Kuvert, das wir mit Ihrer Anschrift versehen bei dem Toten fanden?«
Ich wundere mich, daß mir die Antwort so schnell einfällt.
»Jugenderinnerungen. Tagebuchaufzeichnungen eines jungen Mädchens, das mir vor dreißig

Jahren einmal nahestand. Er glaubte, es würde mich interessieren.«

»Darf ich – nur der Form halber – einen Blick hineinwerfen?«

»Selbstverständlich, wenn Sie es für nötig erachten.«

In dieser Minute kommt meine Frau zu uns heraus.

»Yvonne hat Fieber«, sagt sie.

»Ich sehe sofort nach ihr.«

Der Kommissar schiebt sein Buch in die Tasche.

Die Sache mit dem Umschlag ist vergessen.

»Ich warte unten im Wagen auf Sie«, sagt er, »ich muß Sie leider bitten, mit mir ins Schauhaus zu fahren, um den Toten zu identifizieren.«

»Ja«, sage ich, »was an mir liegt, soll geschehen.«

Ich gehe mit meiner Frau ins Haus zurück und wir stehen am Bett unseres Kindes. Yvonne schläft. Ihre Wangen sind gerötet. Sie wirft sich unruhig im Schlaf hin und her. Ich lege meine Hand auf ihre Stirn. Sie wird sofort ruhiger. Sonderbar, daß ich ihr wieder wie bisher Ruhe zu geben vermag.

»Es wird alles wieder gut werden, Elisabeth«, sage ich, »wir müssen versuchen, in Freundschaft unser Leben zu Ende zu leben. Schon um der Kinder willen.«

Sie sagt leise:

»Wir wollen es versuchen. Es wird nicht leicht sein. Jede Stunde kann sich wiederholen, was gestern und heute geschah. Das, was du tatest, ist nicht aus der Welt. Die große Abrechnung, die Vergeltung ist nur aufgeschoben. Immer wieder kann einer vor dich hintreten und Rechenschaft fordern. Keiner entgeht seinem Richter.«

Ich stehe mit gesenktem Kopf.

»Gott möge mir gnädig sein«, sage ich.

Das Hinterzimmer

In Berlin in der Tilsiterstraße, im Hinterhaus bei der Familie Lehmann, wohnte ein Russe in Untermiete. Er bewohnte ein winziges Zimmer mit einem halben Fenster im Hinterhaus. Er war ein überzeugter Kommunist und dies just zu der Zeit, als Herr Hitler vorn durch die Straßen marschierte. Hatten ihm nun die Russen eine besondere Aufgabe zugedacht, für die sie ihn ausersehen hatten, jedenfalls besaß er plötzlich ein kleines Vermögen von genau achttausend Mark, das er in seinem Bettgestell verbarg. Frau Lehmann entdeckte den verborgenen Schatz, verkündete die Neuigkeit aufgeregt ihrem Ehemann, und da Herr Lehmann ein Parteigänger war, SA-Mann mit der Mitgliedsnummer 345678 und es sich nur um einen Kommunisten handelte, einen Russen dazu, brachte er ihn kurzentschlossen um, nahm die achttausend Mark an sich und vergrub den Russen unter Zement in seinem Keller.
Als man kam, den Russen zu verhaften, der ein eingeschriebenes Mitglied der kommunisti-

schen Partei war, führte sie der SA-Mann mit der Mitgliedsnummer 345678 in das jetzt freigewordene Hinterzimmer und erklärte, aus nationalsozialistischer Überzeugung den Russen, der einen Anschlag auf den geliebten Führer vorbereitet hätte, am Tage vor dem Reichstagsbrand umgebracht und im Keller vergraben zu haben.

Er wurde vor das Parteigericht zitiert, freigesprochen, belobigt, bekam einen silbernen Ehrendolch, und zugleich erkundigte sich der Ortsgruppenleiter, der ein lediger Mann war, nach dem freien Zimmer, das der Russe bisher in Lehmanns Wohnung bewohnt hatte. Ob man ihm, wenn er einzöge, auch ein Zimmer mit Morgenkaffee einräumen möchte, allerdings nicht das Hinterzimmer, sondern vielleicht das Vorderzimmer, wie es einem Ortsgruppenleiter zukäme. Herr Lehmann stand stramm und erklärte es für eine Ehre, die seiner Wohnung auf der Tilsiterstraße widerführe.

Inzwischen brach der Krieg aus. Berlin wurde hundertmal bombardiert, und es blieb kein Stein auf dem anderen. Aber wie durch ein Wunder stand immer noch das Haus, in dem der Ortsgruppenleiter bei Herrn Lehmann seit zehn Jahren in Untermiete mit Morgenkaffee wohnte. Der Krieg wurde verloren, die Amerikaner zogen ein, der Ortsgruppenleiter brachte vor seinem Verschwinden sein Schäfchen noch ins Trockene und machte alles, was er besaß zu barem Geld, das er in der Bettlade in der Tilsiterstraße versteckte.

Abermals war es Frau Lehmann, die das Geld entdeckte und ihren Mann darauf aufmerksam machte. Als die Amerikaner bereits an die Tür zu klopfen begannen, brachte Herr Lehmann seinen Ortsgruppenleiter, dem er gerade den Morgenkaffee servierte, kurzentschlossen mit dem silbernen Ehrendolch um – verzichten wir hier auf die Schilderung des Blutbades, das ja aus Filmen stichfällig bekannt ist –, er nahm das Geld an sich und vergrub den Ortsgruppenleiter unter Zement in seinem Keller, direkt neben dem Russen.

Den Amerikanern, die auf der Suche nach dem Ortsgruppenleiter waren, der auf ihren langen Adressenlisten stand, stellte sich Herr Lehmann, der sich seiner braunen Uniform schnell entledigt hatte, als Widerstandskämpfer vor, der seinen Ortsgruppenleiter am Tage, als er den »Werwolf« in Berlin ausrufen wollte, keinen Ausweg mehr wissend und um Schlimmeres zu verhüten, erstochen und im Keller vergraben habe. Vor den amerikanischen General zitiert –

»Sie haben die Tat allein begangen?«
»Yes, Sir.«
»Seit wann sind Sie in der Widerstandsbewegung?«
»Seit Stalingrad, Sir.«
»Sie wußten, daß der Krieg für Deutschland verloren war?«
»Wir hatten Angst, daß die Russen früher nach Berlin kommen könnten als die Amerikaner, Sir.«
»Sie lieben nicht die Russen?«
»Ich verabscheue sie, Sir.«
Daraufhin wurde er belobigt, bekam ein Carepaket und eine Medaille als Widerstandskämpfer und wurde als zweiter Bürgermeister für einen kleinen Berliner Stadtteil eingesetzt. Allerdings konnte man ihm nicht ersparen, wie man bedauernd erklärte, in Anbetracht der Wohnungsnot in dem beschädigten Berlin wenigstens ein Zimmer seiner Wohnung zu beschlagnahmen. Man würde ihm aber in Anbetracht seiner Verdienste bei der Widerstandsbewegung einen amerikanischen Obersten einweisen. Der amerikanische Oberst war schon durch seine Zigaretten und Candys der Familie hochwillkommen, und Herr Lehmann versicherte ihm jeden Tag, wie glücklich er wäre, einen Amerikaner in seinem Haus zu haben.

Eines Tages marschierten die Russen ein und besetzten beim Vorverlegen der Mauer einen Teil der Tilsiterstraße. Warum just die Tilsiterstraße, wird kein Mensch ergründen, es sei denn, man suche den Grund in der Pointe meiner Geschichte.
Kaum hörte Herr Lehmann nämlich den russischen Marschtritt auf der Straße, beeilte er sich in alter Gewohnheit, den amerikanischen Oberst umzubringen und dessen Ersparnisse aus der Bettstatt herauszuholen. Diesmal ließ er die Leiche, so wie sie gefallen war, im Bett liegen, öffnete weit die Tür seiner Wohnung und rief:
»Genossen! Dies tat ich für euch!«
Nicht einmal das Messer in seiner Hand hatte er abgewischt.
»Wer ist das?« fragten die Russen uninteressiert.
»Ein amerikanischer Oberst, Genossen!«
Da sagten die Russen:
»Was kümmert uns der amerikanische Oberst! Was kümmert uns der Ortsgruppenleiter von 1943? Was uns interessiert: wo ist der Russe, der 1935 hier wohnte?«

Drei Söhne

Der Vater hatte drei Söhne großgezogen. Drei Söhne sind eine Freude, drei Söhne sind eine Sorge. Aber wenn man sie Samstag abend, so um die Vesperstunde herum, um den Tisch sitzen sieht, alle kräftig und prächtig gewachsen, mit der richtigen Naturbegabung, sich die Butter dick aufs Brot zu streichen und die Wurst nicht zu vergessen, klopft ein Vaterherz höher. Drei Söhne sind drei gute Esser, und der Vater greift immer wieder zum Messer, vom Brot ein paar neue Scheiben für seine Söhne abzuschneiden und die Hartwurst aufzusäbeln.

Inzwischen ist es halb acht Uhr geworden.

Der Vater blickt auf Rudolf, seinen Ältesten.

»Würdest du mir einen Gefallen erweisen, Junge?«

»Natürlich, Vater.«

»Lauf doch einmal schnell hinunter zur Ecke in die Wirtschaft ›Zum Grünen Anker‹ und hol mir bitte einen Krug Bier.«

Rudolf, der Achtzehnjährige, sieht auf die Uhr.

»Zu dumm, Vater, aber leider – ich muß mich

noch umziehen, rasieren, feinmachen – ich habe um acht ein Rendezvous und möchte mein Mädchen nicht gern warten lassen. Das siehst du doch ein?«

Der Vater sieht es ein.

Er wendet sich an Jürgen, seinen Sechzehnjährigen.

»Na, Junge, wie wär's mit dir? Würdest du einmal schnell hinunterlaufen und deinem alten Vater einen Krug Bier holen?«

Jürgen hält mitten im Kauen inne.

Eine Scheibe Wurst zwischen den Fingern, eine Scheibe Wurst zwischen den Zähnen.

»Muß das sein, Vater? Du siehst, daß es mir pressiert, ich beeile mich schon mit dem Essen. Ich habe für heute abend Kinokarten, einen Western, ich möchte nicht gern zu spät kommen, die Vorstellung beginnt um acht und das Kino liegt mitten in der Altstadt.«

Ein Vater ist ein Vater. Ein Vater möchte nicht gern, daß sein Junge zu spät ins Kino kommt. Er hat dafür volles Verständnis. Außerdem hat er ja noch einen Jungen, der ihm das Bier holen kann, seinen Andreas, fünfzehn Jahre alt. Er blickte also vom Tisch aus seinen beiden großen Jungen nach, die noch kauend aufgesprungen sind und davoneilen, der eine zu seinem Rendezvous, der zweite zu seinem Western.

In diesem Augenblick sagt Andreas, der Jüngste, mit vorwurfsvollem Kopfschütteln: »Da hast du dir ja ein paar feine Halbstarke großgezogen, Vater! Aber wenn du jetzt hinuntergehst, dir dein Bier zu holen – würdest du mir da bitte eine Schachtel Zigaretten und eine neue Illustrierte mitbringen?«

Die Verfolgung

Ich habe einen Bruder. Es ist kein leiblicher Bruder, eher ein Wahlbruder. Benno heißt er, und der Zufall führte uns zusammen. Ich kenne ihn seit neun Jahren. Seit neun Jahren geht es meinem Bruder schlecht. Er hat Pech im Leben, nichts glückt ihm, ihm schwimmen alle Felle davon. Aber er hat mich. Ich helfe ihm, wo immer ich kann. Am Monatsersten, am Monatsletzten und alle neunundzwanzig Tage dazwischen. Jeder Mensch hat einen in der Familie, der das Wasser mit dem Sieb schöpft. Ich zahle ihm die Miete, ich zahle ihm das Licht und die Heizung, ich kaufe ihm seine Anzüge und seine Hemden, er raucht meine Zigaretten, er trinkt meinen Wein, er fährt mein Fahrrad, ich frankiere selbst seine Briefe. Er ist mir auch dankbar dafür. Jeden Monatsersten, jeden Monatsletzten und alle neunundzwanzig Tage dazwischen sagt er:

»Wenn ich dich nicht hätte, Johannes –«

Eines Tages sehe ich Benno auf der Straße, ganz unerwartet. Ich stehe auf einem Autostandplatz

und will gerade ein Taxi nehmen. Da fährt er an mir vorüber, in einem großen schnittigen Wagen, in einem Traumschiff funkelnagelneu, cremeweiß. Er sitzt am Steuer und raucht nachlässig eine Zigarette. Ich sehe ihn gerade noch von hinten, er wirft die halbe Zigarette heraus, sie fällt mir vor die Füße. Ich hebe sie auf. Eine Luxusmarke. Ich starre ihm nach und verstehe die Welt nicht mehr. Da fährt dieser Schnorrerkönig, dieser lange Lulatsch einen tollen Wagen, ein Cabriolet noch dazu, und mir jammert er daheim die Ohren voll, daß er nicht wüßte, wovon leben und wie es weitergehen soll. Das kann doch nicht mit rechten Dingen zugehen. Mich packt der Zorn. Ich muß der Sache auf den Grund kommen.
»Chauffeur! Fahren Sie diesem Wagen nach!«
»Diesem weißen Schlitten?«
»Ja. Schnell. Verlieren Sie ihn nicht aus den Augen!«
Wir fahren ihm nach. Ich erkenne Benno deutlich von hinten. Kein Zweifel, er ist es. Der langgestreckte Kopf, der Haarschnitt, der rote Schal, den ich ihm erst vorige Woche gekauft habe.
»Hupen Sie ihn an!«
»Mitten in der Stadt?«
»Hupen Sie trotzdem! Ich zahle die Strafe.«

Der Chauffeur hupt. Wir sind unmittelbar hinter dem weißen Cabriolet. Der Chauffeur hupt nochmals, zweimal hintereinander. Der Mann vor uns scheint uns im Rückspiegel zu sehen. Wahrscheinlich sieht er auch mein aufgeregtes Gesicht neben dem Chauffeur. Er merkt, daß ich ihn verfolge, und beschleunigt seine Fahrt. Eine Frechheit! So leicht kommt er mir nicht aus.

»Schneller! Schneller!«

»Stadttempo, Herr! Fünfzig Kilometer!«

Endlich sind wir aus der Stadt draußen, haben die Stadtgrenze hinter uns.

»Jetzt los! Was der Schlitten hergibt!«

Aber der weiße Schlitten vor uns gibt noch mehr her. Er bläst seine Hundertvierzig herunter wie nichts. Wir fliegen nur so um die Kurven, um mit ihm Schritt zu halten. Dieser Benno, dieser Hund, dieser falsche Fünfziger! Fährt einen solchen Wagen, und bei mir schnorrt er sich das Fahrrad und das Oel, das Fahrrad zu ölen. Keinen roten Groschen mehr, das schwöre ich mir! Ich sehe ihn vor mir, diesen, diesen Spitzschädel, diese kurzgeschorene Ganovenfrisur – oft sind wir ihm auf zwanzig Meter nahe, dann fallen die Bahnschranken, wir werden getrennt, oder er nimmt eine Kurve in einem Tempo, daß uns Hören

und Sehen vergeht und wir nicht mithalten können. Fast eine Stunde dauert die Verfolgung, dann wird plötzlich sein Wagen langsamer, es blubbert, offenbar geht ihm das Benzin aus, und er hält. Tatsache, er hält und steigt aus. Ich springe aus meinem Taxi, laufe von hinten auf ihn zu, packe ihn an der Schulter und schreie:
»Zum Teufel. Wie kommst du zu dem Wagen?«
Er fährt zusammen. Wendet sich um.
Es ist nicht Benno. Es ist ein Fremder. Sieht Benno verdammt ähnlich, aber es ist nicht Benno. Ehe ich noch dazu komme, mich zu entschuldigen, überreicht er mir lächelnd die Autoschlüssel.
»Da haben Sie aber Glück gehabt«, sagt er, »die Schlüssel steckten. Ich wußte nicht, daß der Wagen Ihnen gehört.«

Kriminal-Romane

Seit vielen Jahre ist Oswin Fischer verheiratet. Er hat es ganz gut getroffen. Die Frau ist brav und fleißig, hält das Geld zusammen und die Wirtschaft in Ordnung. Daß sie gern ein Wort zu viel spricht, daß sie den Mund länger offen läßt als mancher seinen Laden, das hat sie mit vielen Ehefrauen gemeinsam. Deswegen kann ihr Oswin nicht böse sein. Er ist es auch nicht. Nun ist seit einiger Zeit Oswin Fischer in Frührente und eines Tages ...

»Bei dir stimmt etwas nicht!« begann Oswins Frau.

»Wieso denn? Was soll denn bei mir nicht stimmen?«

»Du verschweigst mir etwas!«

»Warum denn, Frieda?«

»Weil du schweigst! Wer schweigt, verschweigt! Aber ich will es wissen! Ich will wissen, warum du seit Wochen so zerstreut bist, warum du immer so blaß bist, warum du bei jedem Dreck erschrickst, wohin du jeden Nachmittag gehst, und warum du jeden Abend so

stur in deinem Sessel sitzt und vor dich hinstarrst und keine Antwort gibst und . . .«
»Liebe Frieda!« begann Oswin.
Die Frau hatte aber nicht zu sprechen aufgehört. Sie hatte nur schnell Atem geholt. Und daß ihr einer dazwischensprach, mochte sie nun gar nicht leiden. »Hör auf mit deiner lieben Frieda!« rief sie, »früher hast du abends deine Zeitung oder ein gutes Buch gelesen, wir haben ferngesehen, wir haben über die Kinder, wir haben über das Wetter, wir haben über die Nachbarn gesprochen – so war es richtig, so muß es in einer Familie sein. Jetzt aber scheint es dir daheim nicht mehr zu gefallen! Jeden Mittag verschwindest du, kaum daß du noch den letzten Bissen hinunterwürgst und weg bist du und kommst erst spät abends heim, setzt dich hin und schweigst! Jawohl, schweigst! Was ist mit dir, Oswin? Hast du etwas, was du nicht sagen willst, Oswin?«
»Ja«, gestand Oswin Fischer.
»Na also! Du hast ein Geheimnis?«
»Ja.«
»Was ist es denn? Rück heraus mit der Sprache! Eine fremde Frau oder nur Sorgen?«
»Es würde dich kränken, Frieda –«
»Red nur ruhig los, Oswin!«
Oswin sieht seine Frau lange an. Dann läßt er

hoffnungslos den Blick sinken. Und schweigt. Endgültig. Nicht so hingegen Oswins Frau. Sie redet auf Oswin los, sie redet auf Oswin ein. Zwei Stunden und noch eine. Als sie endlich fertig ist, wiederholt sie noch zehn Minuten lang: »Ich werde dir schon dahinterkommen, verlaß dich darauf, ich werde dir schon dahinterkommen!«

Und Frieda kam dahinter. Nach acht Tagen wußte sie Oswins Geheimnis.

»Ihr Mann hat ein Zimmer in der Stadt«, sagte der Privatdetektiv.

»Ein Zimmer? Ein Frauenzimmer?«

»Das wissen wir noch nicht. Was wir bisher festgestellt haben, ist die auffallende Tatsache, daß sich Ihr Gatte ein Einzelzimmer in der Schillerstraße gemietet hat, wohin er jeden Mittag geht und erst am Abend wieder herauskommt.«

»Mein Oswin hat eine Geliebte!«

»Vorläufig hat er erst ein Zimmer, meine Dame!«

»Aber der Anfang ist gemacht! Sicher hat er schon eine Geliebte! Was täte er denn sonst in dem heimlichen Zimmer? Entsetzlich! Ich gehe ins Wasser! Aber nein, ich gehe lieber erst in die Schillerstraße!«

Der Entschluß wurde zur Tat. Es war vier Uhr

nachmittags, als Frieda in der Schillerstraße erschien. Sie läutete Sturm. Eine verschlafene Wirtin öffnete. Wirtinnen sind immer verschlafen, wenn sie öffnen müssen.

»Wo ist mein Mann?« schrie Frieda, »ich muß sofort meinen Mann sehen! Lassen Sie mich hinein! Schnell! Schnell!«

Frieda schrie, daß die Kinder auf der Treppe zusammenliefen. Auch Oswin hatte die vertraute Stimme vernommen. Ehe er noch wissen konnte, was geschah, stand seine Frau schon mitten im Zimmer.

»Lump! Elender! Verbrecher! Wo ist sie?«

»Wer?«

»Deine Geliebte!«

Oswin lächelte müde.

»Ich habe keine Geliebte.«

»Wozu hast du dir dann das kleine Zimmer gemietet?«

Oswin führte seine Frau zu einem Tisch. Kriminalromane lagen darauf.

»Dazu«, sagte er traurig, »dazu – ich lese so gern Kriminalromane.«

»Die kannst du doch daheim lesen?«

»Nein. Das kann ich eben nicht.«

»Warum nicht?«

Oswin seufzte:

»Du sprichst mir immer so viel dazwischen.«

»Die Fischerin vom Bodensee«

Lehmanns saßen beim Mittagessen. Sie waren gute zehn Jahre miteinander verheiratet. Die Speisen schmeckten lange nicht mehr so aufregend wie in den ersten Tagen ihrer Ehe.

»Heute abend ist der Maskenball ›Nächte am Nil‹«.

»Ja, Friedrich.«

»Als was gehst du?«

»Als Fischerin vom Bodensee. Und du?«

»Ich werde mich als römischer Fischerknabe verkleiden.«

»Fein! Fischerin und Fischersmann.«

So sprachen sie zum Mittagessen.

Als aber der Abend näher kam...

»Mein liebes Käthchen«, sagte Friedrich, ein wenig verlegen, »ich werde heute abend nicht als römischer Fischerknabe mit dir auf den Ball gehen.«

»Als was dann?«

»Überhaupt nicht! Ich habe Karte und Kostüm meinem Bürokollegen Zeidler abgetreten. Schau, wir sind die ganze Woche zusammen,

Abend für Abend, jetzt ist Fasching ... es macht dir bestimmt auch mehr Spaß, wenn du einmal einen anderen Tänzer hast. Zeidler ist ein vergnügtes Haus und raspelt gern Süßholz, außerdem tanzt er großartig ... unterhalte dich gut mit ihm – Treffpunkt neun Uhr neben der Garderobe.«

Käthchen war keineswegs gekränkt.

»Ach, Friedrich«, gestand sie, »auch ich hatte den gleichen Gedanken. Auch ich wollte, daß du dich im Fasching einmal gut unterhältst und einmal mit einer anderen Frau tanzt. Darum habe ich Karte und Kostüm an Frau Fluth weitergegeben ... du kennst sie ja, sie ist eine fesche Frau und hat ein Auge auf dich ... jetzt wird sie nun in dem Glauben, du seist es, vor Herrn Zeidler mit ihren Reizen nicht geizen.«

Friedrich Lehmann lachte:

»Und Kollege Zeidler wird glauben, du bist es, der er den Hof macht. Eine verrückte Welt!«

Aber die Welt war noch viel verrückter.

Als Friedrich erfuhr, daß Frau Fluth anstelle seiner Frau heute nacht auf dem Maskenball erscheinen werde, eilte er spornstreichs zu seinem Kollegen Zeidler.

»Ich habe es mir anders überlegt, Zeidler! Ich gehe doch!«

»Und deine Frau?«

»Sie geht nicht! Das ist der Witz! Frau Fluth kommt!«
»Donnerwetter! Die junge hübsche Witwe?«
»Hübsch ist gar kein Ausdruck! Eine Augenweide, wohin man schaut! Komm, gib mir mein Kostüm und die Karte zurück! Du mußt es einsehen!«
Zeidler sah es ein. Er wußte, der Fasching ist für Ehemänner meist viel zu kurz.
Wo aber war Käthchen? Ich verwette meine Seligkeit, wenn sie nicht in dieser Minute bei Frau Fluth stand und sie beschwor:
»Liebste Frau Fluth, sind Sie nicht böse – aber ich muß heute abend selbst auf den Ball ... stellen Sie sich vor, mein Mann geht nicht und an seiner Stelle kommt Zeidler!«
»Der Ansager vom Fernsehen?«
»Ja. Der schöne Otto! Er betet mich seit langem an. Ich finde ihn umgekehrt nicht weniger hübsch. Heute abend treffen wir uns auf dem Maskenfest. Als Fischerin und Fischersmann.«
Und schon war sie in Kostüm und Maske. Sie hatte es sehr eilig.
Auch für Ehefrauen ist der Fasching meist viel zu kurz.
Auf dem Maskenball der Kreisverbandssparkassen »Nächte am Nil« fiel ein Paar auf, das keinen Tanz ausließ und nie genug bekam, sich

zu küssen und zärtlich einander ans Herz zu drücken.
Es waren eine Fischerin vom Bodensee und ein römischer Fischerknabe. Wie die Turteltauben schnäbelten sie und nützten jede Minute, die ihnen die zärtliche Nacht bot. Sie ahnten ja nicht, daß sie das Ganze hätten viel einfacher haben können, die beiden Lehmanns ... und als sie sich dann bei der Demaskierung erkannten, waren sie beide schon viel zu sehr voll des süßen Weines und der getauschten Zärtlichkeiten, als daß dies ihr Glück noch getrübt hätte. Denn wenn ein Mann einmal verliebt ist, bleibt er es ... und wenn es in die eigene Frau ist.

Die Prinzessin

Wenn man Xaver Hagenberger heißt, kann man ein recht angenehmes Leben führen. Man kann mit seinesgleichen spazieren gehen, man kann mit seinesgleichen Karten spielen, man kann die Tochter seines Nachbarn oder eines Kaufmanns oder eines Arztes heiraten.
Wie aber kam Xaver Hagenberger auf den kühnen Gedanken, just eine Prinzessin zu freien? Und er freite eine solche. Er lernte die Prinzessin von Turn und Recks auf ihrer Durchreise in München kennen, verliebte sich auf der Stelle in sie und gestand ihr seine Liebe.
Der Heiratsmarkt der Prinzessinnen aber ist schwach besucht. Wen nimmt es wunder, daß die Prinzessin gleich einwilligte?
Am Tage der Verlobung traf eine Depesche ein.
»Wer schreibt denn?« fragte Xaver.
Die Prinzessin faltete die Depesche auseinander.
»Eine Großtante von mir ist gestorben«, sagte sie, »die Herzogin von Gloria von Gloster und Glister ist in die ewigen Auen hinübergewan-

delt. Liebster, ich muß sofort zur Beerdigung.«
»Wo findet die Beerdigung statt?«
»In Paris.«
»Was? Soweit? In Paris?«
»Wann fährt der nächste Zug?«
Der nächste Zug fuhr in zwei Stunden.
Xaver Hagenberger wagte einen Einwand.
»Liebste«, sagte er, »kann die Herzogin nicht ohne deine Anwesenheit begraben werden?«
»Wo denkst du hin? Sind wir Krethi oder gar Plethi? Wenn eine Herzogin von Gloster und Glister stirbt, versammeln sich alle einst regierenden Häupter, die direkten Nachkommen bis ins achte und die Prinzessinnen der Nebenlinien bis ins vierte Glied um ihr Grab. Ein großes Unrecht wäre es von mir, fernzubleiben; dies ist in den Annalen des großen Adels seit Bestehen der Welt nicht aufzufinden.«
»Und wenn morgen die Königinmutter von Pistazien stirbt?«
»Wir gekrönten und ungekrönten Häupter der Erde werden bei jeder Leiche sein, hinter der wir trauernd als eine geschlossene königliche Familie einherschreiten.«
Dann fuhr sie ab. In Paris erreichte sie die Nachricht vom Hinscheiden des Großfürsten Iwan des Zahnwacklerten, der seine letzten Tage in Konstantinopel zugebracht hatte. Ein

Flugzeug führte die Prinzessin in die Türkei, ein zweites Flugzeug brachte sie rechtzeitig zum Begräbnis der Altprinzessin Holde von Krimskrams derer von Schublade, und schon lag wieder in London ein Urenkel eines berühmten Herrscherhauses in den letzten Zügen. Und zu jedem Grab fuhr, an jedem Grab stand mit einem großen Kranz im Arm die Prinzessin von Turn und Recks.

Als die Prinzessin wieder einmal Zeit fand, in das Zimmer ihres Verlobten Xaver Hagenberger zu treten, fragte sie der Geduldige nur:

»Wieviel Verwandte leben noch?«

Sie blätterte in einem kleinen Almanach.

»Nach dem gestrigen Ableben meines Großonkels Ferdinand von Babenhausen sind es noch genau dreitausendvierhundertneunundsiebzig«, sagte sie. Xaver Hagenberger nahm einen Bleistift zu Hilfe.

»Das wären also dreitausendvierhundertneunundsiebzig Begräbnisse, denen du beiwohnen müßtest«, rechnete er, »wenn man für Reise und Trauerschmaus, denn eine überstürzte Hast würde in deinen Kreisen für unschicklich gelten, nur noch je zwei Tage dazu rechnet, wäre dein Fernsein von mir zehntausendunddreihundertzweiundvierzig Tage, oder mit anderen Worten ausgedrückt, du bleibst mir acht-

undzwanzig Jahre und neun Monate und sechzehn Tage fern?«
»So ist es«, erwiderte die Prinzessin, und ihre feine Nase stand ihr spitz im Gesicht.
Da spuckte sich Xaver Hagenberger in die Hände, raffte den ganzen Verlobungskram zusammen, streifte den güldenen Ring vom Finger und erklärte:
»Mir wars gnua! Mir steigst den Buckel aufi!«
Seht, Freunde, so geht es, wenn man Prinzessinnen freit! Heiratet Mariannen!

Christinchen

So ein kleiner Dreikäsehoch, in roter Strickjacke und roter Wollmütze, wenn er erst einmal das Lesen gelernt hat, gehört ihm die ganze Welt. Dann kann die Mutti auch einmal weggehen.

»Du wartest hier auf mich, Christinchen, und rührst dich nicht.«

»Nein, Mama.«

»Ich bin in einer Minute wieder da.«

Aber was weiß so ein kleines Kind, wie lang eine Minute ist? Noch dazu in der geheimnisvollen Weihnachtszeit, wenn man vor den silberglitzernden Schaufenstern eines Selbstbedienungsladens steht, neben der Tür, und alle Leute hineingehen, zu den Orangenhügeln, zu den Dattelbergen, zu den Weihnachtsmännern aus Schokolade und den weißgezuckerten Christstollen. Wenn man dann mit seiner ABC-Schülerweisheit das große Schild »Nimm dir selbst, was dir gefällt« entziffert hat und plötzlich in der Tür auf den Weihnachtsmann stößt, den man fragen kann:

»Ich kann alles nehmen, was ich sehe?«
»Hier ist ein Korb, kleine Dame. Füll ihn bis obenan.«
»Das ist gewiß wahr?«
»Du siehst doch, jeder nimmt sich.«
Wem das als Kind geschieht, der muß an den Weihnachtsmann glauben.
»Wenn du die Mutti siehst, sie soll hier auf mich warten«, sagte Christinchen noch, gerade sieben Jahre alt.
»Wie sieht deine Mutti denn aus?«
»Sie ist die schönste Mutti der Welt.«
»Dann ist dein Vater zu beneiden!«
»Wir haben keinen Vati«, sagt Christinchen, und sie sagt es, wie andere sagen, sie hätten kein Telefon daheim.
Dann steht Christinchen mitten im Laden vor einem großen Berg Orangen. So viele Orangen hat sie noch nie auf einmal gesehen. Zu Hause gibt es immer nur eine Orange, kurz vor dem Schlafengehen, wenn zwei da sind, sagt die Mutti, die andere ist für morgen, Orangen sind teuer, Kind. Und hier sind so viele und riechen so gut und alle nehmen sich und füllen ihren Korb damit. Auch Christinchen greift schnell zu. Sie will es zuerst gar nicht glauben, daß sie es darf. Aber niemand hindert sie. Es geht ganz leicht. Da sind immer fünf, sechs Stück in ei-

nem Netz zusammengepackt. Sie hat schon ihren ganzen Korb damit gefüllt und er ist mächtig schwer geworden, am liebsten möchte sie ihn mit beiden Händen tragen, aber in der anderen Hand hat sie noch ein Netz mit Orangen, es geht nicht mehr in den Korb hinein, und zurücklegen will sie es auch nicht. Man muß die Gelegenheit ausnützen, sagt sie sich.
Wie sie mit dem Korb weitergeht, kommt sie an einen Stand mit süßen goldbraunen Datteln. Auch hier greifen die Leute zu und nehmen Schachtel für Schachtel herunter. Christinchen setzt ihren schweren Korb und das Netz ab und greift mit beiden Händen zu. Sie preßt sechs Schachteln an ihre Brust mit dem aufgeregt klopfenden Herzen, aber wohin mit dem süßen Reichtum? Vielleicht braucht man nicht so viele Orangen, wenn man Datteln hat. Datteln schmecken noch besser als Orangen, und so gibt sie ein paar Orangen aus ihrem Korb und legt dafür Datteln hinein, jetzt hat sie beides, Orangen und Datteln. Vielleicht kann sie die beiden abgestellten Netze mit den Orangen später wieder hier abholen, sie blickt noch einmal unschlüssig zurück, aber da steht sie vor einem großen Tisch mit Pfefferkuchenhäuschen, so schön, so bunt wie aus dem Märchenbuch. Und jeder, der vorübergeht, bleibt ste-

hen und nimmt sich eines herunter. Also muß wieder ein Netz mit Orangen und eine Dattelschachtel daran glauben, damit Platz für ein Pfefferkuchenhäuschen in dem Korb wird, und ein zweites nimmt sie in der Hand für ihre Freundin Gisela mit. Aber je weiter sie geht, desto aufregender wird es. Jetzt steht sie plötzlich vor einer Galerie von Weihnachtsmännern aus Schokolade. Auch hier kann sie nicht widerstehen, stellt das zweite Pfefferkuchenhäuschen ab und wieder ein Netz Orangen aus dem Korb und eine Dattelschachtel, damit zwei Schokoladenmänner mitgehen können, einer im Korb und einer im Arm, denn so ein Schokoladenweihnachtsmann ist ja etwas viel Schöneres als ein Pfefferkuchenhäuschen und schmeckt hundertmal besser als alle Datteln und Orangen der Welt. Zurück bleiben wieder Orangen und Datteln und das Pfefferkuchenhäuschen. Den Arm fest um den großen Schokoladenweihnachtsmann gepreßt und die Augen auf den zweiten im Korb und das Pfefferkuchenhäuschen gerichtet, drängt Christinchen weiter, und da kommt erst die ganze Herrlichkeit: das Puppenparadies. Hunderte von Puppen, Puppen, die Mama und Papa sagen können, Puppen, mit echtem Haar, Puppen, die ihre Augen auf und zu schlagen, Puppen

mit Schürzchen und Strümpfen und Schuhen, Puppen im Steckkissen und Puppen so groß wie Christinchen selbst und Puppenwagen und Puppenküchen und Puppenbetten, und Christinchen sieht, wie andere Kinder diese Puppen in die Hand nehmen und mit ihnen spielen. Sie versucht es auch, aber in der einen Hand hat sie den schweren Korb und in der anderen den dummen Schokoladenweihnachtsmann, was soll sie nur tun, die Tränen treten ihr in die Augen, immer wieder versucht sie es, aber dann gibt sie sich einen Ruck, richtig wie ein Erwachsener, stellt den Korb zu Boden, lehnt den Schokoladenweihnachtsmann daran, packt einen Puppenwagen, setzt die schönste Puppe hinein, die Mama und Papa sagen kann, holt aus ihrem Korb das Pfefferkuchenhäuschen und den Schokoladenweihnachtsmann und eine Schachtel Datteln und ein Netz Orangen, alles legt sie obenauf auf ihren Puppenwagen und fährt damit durch die Menschen mit dem erst zaghaften, später immer lauter werden Ruf »Vorsicht! Mutter mit Kind!« dem Ausgang zu, der Kasse zu, von der sie nichts ahnt.
»Das ist aber ein feiner Laden!« sagt sie glücklich zu dem Fräulein an der Kasse, »schaun Sie nur, was ich alles habe!«
Die Kassiererin nickt freundlich, aber sachlich,

holt Stück für Stück heraus, notiert den Preis, aber ehe sie noch etwas zu sagen vermag, langt die weißbehandschuhte Hand des Weihnachtsmannes von hinten über ihre Schulter und nimmt den Zettel an sich.

»Frohe Weihnachten, Christinchen! Da drüben wartet deine Mutti. Du hast wirklich die schönste Mutti der Welt.«

»Stören Sie nicht den geregelten Ablauf«, sagt die Kassiererin, »wer zahlt denn das Ganze?«

»Der Weihnachtsmann«, sagt der Weihnachtsmann, »oder glauben Sie, ich stehe nur zur Schönheit hier, Frau Tetzner?«

Da erkennt Frau Tetzner, die Kassiererin, die Stimme ihres Chefs unter dem weißen Bart, und ich, der Autor, will einen ganzen Weihnachtsbaum mit Stiel und Sternen fressen, wenn der Weihnachtsmann am ersten Feiertag nicht mit Christinchen und ihrer neuen Puppe spielen wird, zumal die Puppe ja nicht nur »Mama«, sondern auch »Papa« sagen kann ...

Als Ölsardine zu sechst

Seitdem ich mit meiner Frau und mit den Kindern in die große Stadt übersiedelt bin – das geschah vor ungefähr einem Jahr, genauer gesagt, vor 14 Monaten und zwei Wochen –, habe ich einen sonderbaren Traum, der sich in gewissen Abständen wiederholt.

Mir träumt, ich wäre ein Fisch aus der Gattung der Pilcharden, landesüblich Sardinen genannt, die sie in großen Netzen an der atlantischen Küste Frankreichs, der Bretagne, fangen und in Öl sieden. Mein Traum setzt immer erst dann ein, wenn die Prozedur des Fischfangs und der Ölkocherei vorbei ist und ich, noch die Wärme des Siedens im Blut, mich behaglich unter meinesgleichen auf den langen und breiten Eichenbrettern strecke, zum Abkühlen sozusagen, während sie schon in der großen Halle nebenan ihre kleinen Dosen vorbereiten, säubern und glattreiben, in die ich in Kürze meinen Einzug halten werde.

Wir haben vereinbart, daß wir immer uns zu sechst in eine Dose teilen werden und uns in reines Olivenöl betten wollen, und freuen uns eigentlich bereits darauf, denn diese Dosen haben sich seit Jahren bewährt, und man hat selten erlebt, daß zwischen den Fischen ein Streit, nicht einmal eine Unstimmigkeit ausgebrochen ist. Es ist etwas Behagliches in dem Gedanken, die Fährnisse des Daseins hinter sich gebracht zu haben, in kühlen Räumen zu lagern, weite Reisen in die ganze Welt anzutreten, ohne daß man um jede Gefälligkeit bitten muß, später in den Auslagen der Feinkosthändler zu liegen, von allen geachtet, von allen geschätzt. Dafür nimmt man manche Unbequemlichkeit, vor allem die Enge des Raumes, in Kauf.

Ich hatte bei Beginn meines wiederkehrenden Traumes zuerst immer Bedenken, so eng gepfercht mein Dasein weiterzufristen, aber man gewöhnt sich schnell an die Lebensweise, zu sechst in einer kleinen Dose zu liegen, man würde sich wahrscheinlich gegenseitig mit dem Kopf zunicken, als wollte man sagen: »Na ja, es geht doch besser, als man fürchtete!«, wenn sie uns den Kopf gelassen hätten. Aber den haben sie uns vorsorglich abgenommen. Vielleicht ist es überhaupt nur der Kopf, der Großmäuliges sagt und mit den gegebenen Zuständen nicht zufrieden ist. Nein, ich muß gestehen, ich empfinde keinerlei Unbehagen, in dieser kleinen

Sardinendose zu liegen, mit sechs meinesgleichen; man gewöhnt sich schnell daran. Wenn ich dann am Morgen erwache, bin ich keineswegs gerädert und gefedert und bin mit meinem Los überaus zufrieden, denn ich denke an die anderen in den tausend und abertausend Dosen, die auf der ganzen Welt genau so leben und auch nicht mehr Platz haben als unsereiner. Ich habe sogar eine gewisse Dankbarkeit im Herzen, eine so nette Dose gefunden zu haben, sauber und mit allem was man zum Dasein braucht, wenn auch ein wenig beengt.
Ich reibe mir den Schlaf und den Traum aus den Augen, blicke auf den Kalender und erkenne, daß heute der Erste ist und gleich nach acht Uhr der Verwalter unserer Wohnsiedlung, zehn Hochhäuser am Stadtrand, kommen wird, um die Miete zu kassieren. Denn das ist der einzige Unterschied zwichen Traum und Wirklichkeit, daß ich für meine enge Wohnung von 64 Quadratmetern für sechs Personen eine Miete bezahlen muß, während die Ölsardinen in ihrer Dose mietfrei bleiben. Aber das ist auch der einzige Unterschied.

Das Telefongespräch

Herr Volkmann, 55 Jahre, Kaufmann, Glühbirnen en gros, kann günstig Bettwäsche kaufen. Sozusagen sensationell preiswert.
Bettwäsche hat der Mensch immer zu wenig. Zum Unterschied von Frottierhandtüchern. Die kauft der Ehemann im Dutzend beim Ausverkauf, oder er bekommt sie beim Kauf von Kaffee als Zugabe.
Aber mit der Bettwäsche sieht es überall mager aus. Dabei liegt der Mensch länger im Bett, als er im Hemd steckt.
Im Bett spielt sich das halbe Leben ab.
Die Gelegenheit war günstig.
»Interessieren Sie sich für Bettwäsche?« fragte man Herrn Volkmann.
»Wenn günstig, dann ja.«
»Weit unter Preis!«
»Lassen Sie sehen!« sagte Herr Volkmann.
Der andere öffnete seinen Koffer und breitete die Schätze vor Herrn Volkmann aus. Es war eine wahre Pracht. Das Feinste vom Feinen, das Schönste vom Schönen. Daneben auch Prakti-

sches, Haltbares, Bettwäsche zum Strapazieren.
Herr Volkmann betrachtete die Ware interessiert.
»Kann ich zuvor einmal telefonieren?« fragte er.
»Gern, mein Herr! Bitte sehr, mein Herr!«
Herr Volkmann telefonierte.
Er wählte eine Nummer. Seine Stimme bekam einen zärtlichen Klang.
»Schatzeli, bist du's? Hier Glühbirnenvolkmann. Habe ich dich gestört? Hast du gerade gebadet oder sitzt du im rosaroten Schlafrock beim Frühstück? Trinkst du gerade deinen geliebten süßen Kakao und ißt ein Honigbrot dazu? Küßchen, Schatzele! Jetzt hör zu! Ich kann günstig Bettwäsche kaufen, für unser Doppelbett.
Freut sich da mein Schnurreli? Hast du besondere Wünsche, Schatzeli? Weißer Damast oder gestreiftes Linnen? Die Kopfkissen mit Spitze, Rüschchen oder Ajoursäumen? Oder möchte mein Haseli lieber die Wäsche in rosa oder hellblau oder im leichten Goldton? Ich kann dir auch eine Ganitur mit Rosen kaufen, wenn du dann lieber ins Bettchen gehst, mit roten Rosen oder Heideröschen? Auch kleine blaue Vergißmeinnichtsträußchen über das ganze Bett

verstreut, wie hättest du's denn gern? Geblümelt oder gepunktelt? Gestreift oder kariert? Wenn gepunktelt, dann mit großen Punkten oder mit kleinen Pünktchen? Oder vielleicht Maiglöckchendamast und die Zudecke mit Handsaum und Monogramm? Ich kann auch feines irisches Leinen nehmen, da würdest du wie eine Königin darin liegen, mein Schatzeli! Oder vielleicht auch, was mich so besonders entzückt, Biedermeiersträußchen mit Walzertakten über das ganze Bett verteilt, daß dein liebes Gesichtchen aus den Blumen herausschaut? Wie groß sind denn die Kissen? Das Paradekissen und das kleine, auf dem immer dein goldiges Köpfchen ruht? Ich bringe heute alles mit, wenn ich zu dir komme, wenn du mich noch haben willst, Schatzeli ...«
Herr Volkmann legte den Hörer auf.
Herr Volkmann führte ein zweites Gespräch.
»Du, Frau«, sagte er sachlich, »ich kann Bettwäsche kaufen. Weiß oder blau? Wie sind die Maße?«

Ja, richtig, ich vergaß zu erwähnen: das erste Telefongespräch führte Herr Otto Volkmann, Glühbirnen en gros, drei Tage, das andere drei Jahrzehnte nach seiner Hochzeit. So ändern sich in der Ehe die Bräuche.

Eheferien

»Mach einmal richtige Eheferien, Johannes«, hatte meine Frau zu mir gesagt. »Wir sind das ganze Jahr zusammen, erhol dich einmal von mir, nimm einen Menschen mit, den du willst, und gestalte dir deinen Urlaub ganz nach deinen Träumen ...«

Da sitze ich nun mit dickem Kopf und denke nach, mit wem ich in meine Ferien fahren sollte. Zuerst kommen mir natürlich die fröhlichen, die unziemlichen Gedanken. Ein junges Mädchen, heiter, gutgewachsen; ich weiß eine, die steht oft im Nachbarhaus am Fenster, eine Schauspielschülerin, wenn man mir recht berichtet hat. Wir sind uns ein paarmal auf der Straße begegnet, sie lächelt mich an, wenn sie vorbeigeht. Vielleicht nur, weil sie mich auch schon oft am Fenster gesehen hat; die Gründe können aber auch tiefer liegen. So unrecht sehe ich nicht aus, ein Mann in den besten Jahren; da juckt einem schon noch das Fell, wenn die Ehefrau sagt: der ganze Hafersack gehört dir!

Das müßte schon ein Sommernachtstraum sein,

mit dieser jungen Schauspielerin zu verreisen. Die Leute würden schauen und mich beneiden; sie trägt immer diese fröhlichen bunten Kleider, die T-Shirts, Röhrenjeans und Krempelstiefel; sie hat ihr Haar immer herrlich frisiert, nämlich gar nicht; wie die jungen Mädchen heute eben so gehen, wie gerade aus dem Bett aufgestanden, und der Kamm ist zerbrochen ... Das würden völlig verrückte vier Wochen mit ihr. Nun, ich will es mir noch überlegen, eine Dummheit ist schnell begangen, und ausbügeln kann man so etwas nie wieder im Leben; es hat selten so heiter geendet wie begonnen. Aber fragen könnte ich sie schon, ob sie mitfahren würde. Gleich morgen werde ich es tun, aber nein, morgen ist noch dieses und jenes; es bleibt während meiner Ferien noch genug Unerledigtes liegen, und meine Sekretärin ...

Meine Sekretärin, daß ich nicht gleich an sie gedacht habe! Sie ist zwar nicht halb so hübsch wie jenes Traummädchen am Fenster, aber dafür hat Fräulein Martens andere Vorteile. Sie ist jung, keine sechsundzwanzig, ich bin an sie gewöhnt, wir arbeiten gut zusammen, sie versteht mich ohne viele Worte, sie verwirrt mich nicht durch ihr Lächeln, und ist auch nicht so verrückt angezogen. Mit ihr kann ich vernünftig reden, wir können unterwegs auch manches

Geschäftliche nebenbei erledigen, und was das Private betrifft, nun, Fräulein Martens erwartet von mir bestimmt keine Liebeserklärungen. Das könnten großartige Ferien werden, harmonisch, ausgeglichen ... ein junges Mädchen an meiner Seite, ohne Verpflichtungen ... das müßte recht hübsch sein.
So ein Urlaub hat natürlich auch seine Nachteile. Man ist fremd in der neuen Gegend, unter fremden Leuten, das Gewohnte fehlt. Hilde müßte ich mitnehmen, unser Hausmädchen; da hätte ich alles wie daheim. Sie ist schon fünf Jahre bei uns, die Schönheit tut ihr nicht weh, aber sie sieht recht passabel aus. Wenn ich sie mitnehmen würde, wären meine Hemden immer tadellos gebügelt, wie ich es gewöhnt bin. Legt sie mir den Anzug zurecht, weiß sie aus Erfahrung, welche Krawatte ich dazu trage; sie würde unterwegs nach der alten Art kochen, nicht zu fett, weil ich das nicht vertrage, keinen Essig in den Salat, keine rohen Zwiebeln ... Das ist eigentlich gar keine schlecht Idee, Hilde mitzunehmen, jedenfalls die beste von den dreien ...
Das heißt, meine Mutter mitzunehmen, wäre noch besser. Dann ist es wieder wie in meiner Kindheit. Wenn meine Mutter dabei ist, bekomme ich bestimmt keinen Schnupfen, sie

paßt auf mich auf, daß ich nicht zu lange in der prallen Sonne sitze, daß ich mir abends einen Pulli anziehe, wenn es kühler wird, daß ich nie zu spät schlafen gehe, daß ich vor jeder Kirchentür meinen Hut ziehe und meinem Ruf nicht schade. Auch sorgt sie dafür, daß ich die Nase nicht allzuhoch in die Luft trage und dadurch über einen Stein stolpere, den mir einer hingelegt hat.

Ich Dummkopf! Da sitze ich nun und überlege: die Leute, der Beruf, die gewohnte Behaglichkeit oder das Geborgensein. Was bin ich doch für ein alter Esel! Ich habe doch meine Frau. Wenn ich sie mitnehme, habe ich alle vier Frauen in der einen vereint. Wie konnte ich nur eine Minute lang zögern? Ich werde es ihr sogleich sagen.

»Wir fahren zusammen – du und ich, Kitty!« rufe ich in die Küche hinaus, und Kitty antwortet:

»Und billiger ist es auch, Johannes.«

Verlobung am Kirchplatz

Eduard hatte es satt, das Bett immer für sich allein aufzubetten.
Das ganze Jungesellendasein war ihm über. Und da er ein Freund von bunten Krawatten und schnellen Entschlüssen war, sagte er seinen Freunden, was er vorhatte.
Die Freunde lachten:
»Bis Neujahr sind es nur noch drei Tage«!
»Was macht das? Im neuen Jahr heirate ich!«
»Du kennst doch gar kein Mädchen?«
»Um so besser! Dann bekomme ich etwas Besonderes.«
»Wo willst du so schnell eine hernehmen?«
Eduard lachte:
»Nichts einfacher als das! Ich werde mich am Neujahrsmorgen auf den Kirchplatz stellen, direkt vor dem Ausgang der Kirche. Um den Hals werde ich ein Schild tragen:
Junger Mann, gesund und munter, Werbefachmann, gesichertes Einkommen, möchte vom Fleck weg heiraten. Wer hat den Mut?
Die Freunde lachten wie über einen Scherz.

Wie aber staunten sie am Neujahrsmorgen!
Vor der Kirche, auf einem erhöhten Podest, stand Eduard.
Festlich angetan. Mit Blumen in der Hand. Mit einem Schild um den Hals, wie versprochen:
Junger Mann, gesund und munter, Werbefachmann, gesichertes Einkommen, möchte vom Fleck weg heiraten. Wer hat den Mut?
Die Freunde schüttelten den Kopf: »Eduard! Eduard!«
»Verschwindet!« rief Eduard. »Die Kirche ist gleich aus.«
Vom Turm begannen die Glocken zu läuten.
Eine festliche Menge drängte heraus.
Ein junges Mädchen löste sich aus der Menge.
Sie schritt auf Eduard zu. Las das Schild. Dann sagte sie: »Ich habe den Mut!«
Eduard machte vor Freude einen Luftsprung.
»Meinen Sie es ehrlich?« fragte er.
»Du gefällst mir.«
»Du gefällst mir auch. Mächtig sogar.«
»Ich heiße Blandine.«
»Und ich Eduard. Du willst mich wirklich heiraten, Blandine?«
»Wenn du mich nimmst?«
»Mit tausend Freuden.«
Eduard stieg vom Podest. »Wo du hingehst, da will auch ich hingehen«, sagte er sinnig.

»Schwöre es!«

»Ich schwöre es!«

Dann gaben sie sich den ersten Kuß. Die Freunde schauten neidvoll.

Sechs Stunden waren vergangen.

Eduard hielt Blandine selig in seinem Arm.

»Daß ich dich bekommen habe, Blandine!«

»Es mußte wohl so sein, Eduard!«

»Ja, aber trotzdem – als ich mich da hinstellte –, daß gerade du mich nahmst, daß gerade du gekommen bist . . .«

Blandine sagte ernst:

»Ich befand mich in einer Notlage, Eduard.«

»In einer Notlage?«

»Ich sah keinen anderen Ausweg. Mir blieb keine andere Wahl. Ich brauchte dringend einen Mann.«

Eduard erschrak:

»Wofür?«

Blandine sagte sachlich:

»Für meinen Beruf. Ich bin Dompteuse. Ich arbeite mit Tigern. Deinen Vorgänger haben gestern abend die Tiger aufgefressen . . .«

Lob der Armut

Ich hatte in jungen Jahren einen Vortrag zu halten.
Ein Verein war an mich herangetreten.
»Verstehen Sie, vor Hunderten anschaulich zu sprechen?«
»Ich lebe davon.«
»Wie leben Sie?«
»Armselig«, gestand ich.
»Uns gefällt Ihr seriöses Aussehen«, sagte der Vorstand, ein Mann, dem zehn Fabriken gehörten. »Sie sollen eine Rede zum Lobe der Genügsamkeit halten. Wir wollen die Masse dazu führen, mit ihrem Geschick zufrieden zu sein und die Schönheit des einfachen Lebens zu erkennen. Wir wollen lehren, daß das Leben der Armen genauso reich an Lebensfreuden, wenn nicht gar reicher ist als das Leben der Wohlhabenden.«
»Lob der Armut sozusagen«, warf ich ein.
»Das ist genau das Thema des Vortrages, um den wir Sie bitten. Erwähnen Sie bitte folgende Punkte: Wer kein Geld hat, braucht sich nicht

zu sorgen, wie er es sicher anlegt. Er braucht vor Dieben und Betrügern nicht zu zittern. Wer keinen Besitz hat, ist frei wie ein Vogel in der Luft, er kann gehen, wohin er will, nichts hindert ihn. Wer nichts hat, kann nichts verlieren. Mit anderen Worten: der Reiche ist zu bedauern, der Arme zu beneiden.«

»Wie wahr!« sagte ich demütig.

Der Vorstand des gemeinnützigen Vereins und große Konzernherr nickte:

»Ich gebe Ihnen noch weitere Ansätze: Wer arm ist, braucht nicht Blitz und Donnerschlag zu fürchten, denn wer kein Dach hat, dem zerschlägt es keine Ziegel. Der Arme hat ein ungestörtes Wochenende. Er muß sich nicht sorgen, ob am Montag die Aktien steigen oder fallen. Er kann den ganzen Sonntag auf der Wiese in der Sonne liegen, ihn kümmert kein Umsatz, denn er hat keinen, er kann sich am Waldrand sonnen, im Bach baden, seine Frau liebkosen, im Wald Pilze und Beeren suchen, er hat mehr Freude daran als der Reiche, der sich Pilze und Beeren für Geld kaufen kann. Der Arme hat auch nicht die Qual der Wahl, welchen Anzug er anzieht, er besitzt nur den einen. Mit anderen Worten: Den drückt kein Schuh, der barfuß läuft.«

Ich ließ mich einwickeln. Ich besaß noch genau

fünfzig Mark, und selbst diese gehörten meiner Frau. Wer nimmt da nicht einen Auftrag an, eine Rede zu halten und dafür mit klingender Münze entlohnt zu werden? Ich tat es. Aber ich kam daheim mit meinem Vortrag nicht recht vorwärts, ein armer Hund, der ich war. Alles, was ich sagen wollte, erschien mir wie eine Verhöhnung meiner selbst.

Am Abend, vor Beginn meines Vortrages, ging ich zu dem Veranstalter.

Ich setzte ihm die Pistole auf die Brust.

»Ich brauche sofort tausend Mark!« sagte ich.

»Lächerlich!«

»Tausend Mark oder mein Vortrag entfällt!«

»Wie lange brauchen Sie das Darlehen?«

»Nur für eine kurze Zeit.«

Er versuchte noch immer, meiner Forderung zu entkommen. Es gelang ihm nicht. Seufzend griff er in seine Tasche und zählte mir die Scheine auf den Tisch. Auf Nimmerwiedersehen, wie er dachte. Ich las es ihm vom Gesicht ab. Ich schob die Scheine in die Rocktasche und betrat das Podium.

Mein Vortrag war ein voller Erfolg. Ich sprach mit einer solchen Überzeugungskraft in der Stimme, vom Geld, das nicht glücklich macht, vom Glück der Welt, das sich nicht kaufen läßt, und was derartige Gemeinplätze noch sind, daß ich noch während meiner Rede selbst daran zu glauben begann und mir die Tränen herunterrannen, als ich vom Elend und den schlaflosen Nächten der bedauernswerten Reichen sprach. Am nächsten Morgen, noch ehe die Banken aufmachten, ging ich zu dem Mann, der mir die tausend Mark geborgt hatte.

»Hier ist Ihr Geld zurück«, sagte ich.

Er sah mich überrascht an.

»Gestern abend brauchten Sie das Geld so dringend und heute früh bringen Sie es schon zurück?« fragte er erstaunt. »Was haben Sie mit dem Geld gemacht?«

»Nichts. Ich brauchte es gestern abend für meinen Vortrag.«

»Für Ihren Vortrag? Warum?«

Ich sagte:

»Weil es sich leichter über das Glück der Armut spricht, wenn man tausend Mark in der Tasche hat.«

Jo Hanns Rösler
Mein Haus und ich
264 *Seiten · Leinen*

Sind es Lebenserinnerungen in heiterer verschlüsselter Form? Ja und nein. Manches Biographische hat in das Buch Einzug gehalten, Personen, ohne Portrait zu sein, sind seinem eigenen Lebenskreis nicht fern, doch die reiche Fantasie Jo Hanns Röslers hat Wünsche und Wirklichkeit, Erlebtes und Erdachtes miteinander verschmolzen. Humor, mit Besinnlichkeit gepaart, war auch die Lebensdevise des Autors, die seine unvergängliche Beliebtheit immer wieder bei seinem großen Leserkreis hervorruft.
»Ich habe mein ganzes Leben in mein altes Haus getragen, alles, was zusammenzutragen war, und stehe heute am Ende meines Daseins dank seiner Freundschaft nicht mit leeren Händen da. Ich darf Gott und Kitty danken, die mich damals in jenen Wintertagen zu diesem Haus auf dem Berg geführt haben.«

HERBIG

Jo Hanns Rösler
Meine Schwiegersöhne und ich
288 *Seiten · Leinen*

Aus dem unerschöpflichen Born seiner fröhlichen Familienerfahrung erweist sich Jo Hanns Rösler als der große Humorist und der immer optimistische Lebenskünstler, denn »der Himmel schenkte mir zwei Töchter«.
Diese brachten ihm natürlich Schwiegersöhne ins Haus und in edler Selbstbescheinigung gesteht der duldsame Vater: »Wenn man in eine Mausfalle Speck legt, setzt man nicht die Katze daneben. Ich bin überzeugt, daß alle meine Schwiegersöhne, kaum in die Falle gegangen, entsetzt starrten, als der alte Kater von Schwiegervater zum erstenmal vor ihnen aufkreuzte. Daß er sich später auf dem Kopf herumtanzen ließ, konnten sie damals noch nicht ahnen.«
Doch bei allem Übermut, manchen augenzwinkernden Übertreibungen und etlichen Attacken strahlt aus diesem liebevollen Familienalbum der Glanz kluger Lebensphilosophie.